Franz Bartelt

Petit éloge
de la vie
de tous les jours

Gallimard

Écrivain aussi prolifique que discret, Franz Bartelt est né en 1949. Quelques années plus tard, sa famille s'installe dans les Ardennes. Il commence à écrire vers l'âge de treize ans et quitte l'école mais pas les livres. Après avoir travaillé un temps dans une usine de transformation de papier, il écrit des chroniques dans le quotidien *L'Ardennais*. Depuis les années 1980, il se consacre exclusivement à l'écriture et publie son premier roman, *Les fiancés du paradis*, en 1995. Il est aujourd'hui l'auteur de plus d'une quinzaine de romans, dont *Les bottes rouges* (2000), qui a reçu le Grand Prix de l'humour noir, de romans policiers comme *Le jardin du Bossu* (2004), d'un recueil de nouvelles, *Le bar des habitudes* (2005), récompensé par le prix Goncourt de la nouvelle, et de plusieurs pièces de théâtre. Franz Bartelt vit près de la frontière belge.

Découvrez, lisez ou relisez les livres de Franz Bartelt :

LE BAR DES HABITUDES (Folio n° 4626)
LE JARDIN DU BOSSU (Folio Policier n° 434)

Le jour sort de l'ordinaire

Ce qui est extraordinaire dans nos pays c'est qu'ils n'ont rien d'extraordinaire. On les parcourt sans jubilation, comme on vit. Disneyland épate son pigeon. Les grands sites touristiques offrent des mondes et des merveilles. Ici, rien. Une étendue banale, même pas judicieusement éclairée. Assez vallonnée, néanmoins, pour ne pas être tout à fait ennuyeuse. Très peu de ressousse à l'horizon, aucune distraction. Une barre de sapins, une échancrure dans le schiste, un léger trouble dû à la brume qui monte d'une rivière invisible. Quelques arbres tordus dans des postures inouïes améliorent, certes, l'ordinaire, mais sans le rendre le moins du monde exceptionnel. Pas d'altitude, pas d'attitude. Il neige moins qu'ailleurs. Il fait moins froid qu'ailleurs. Il y fait moins chaud aussi. On y voit moins loin. Pas de ruines illustres. Pas de chemins des fées. Pas d'attractions naturelles. Pas de pittoresque. Juste un pays. Avec des gens. Peu nombreux, du reste. Une troupe de sangliers traversent la plaine. Ils ne vont nulle part. Ils sortent d'un bois pour entrer dans le bois d'à côté. Un peu d'eau soutenant la thèse de trois canards. Un geai qui piaille au-dessus du fossé.

Parfois, on me demande ce qu'il y a à visiter par ici. Force est d'admettre que la question me prend toujours de court. Ce n'est pas une contrée pour les guides touristiques. On ne se déplace pas d'un musée incontournable à un panorama sublime. Il faut même être très fort, ou être béni par la chance, pour trouver un bistrot où boire une tasse de café et manger un morceau de pain.

Souvent, en désespoir de cause, quand on promène des citadins, on se rabat vers la Belgique. L'accueil du touriste y est mieux organisé, du moins par endroits. Le Belge est féru de guirlandes lumineuses. Il a aussi l'art d'arranger les boules dans le sapin. Et celui d'offrir des bonbons aux visiteurs. Il tourne à la bière, comme un boulon dans un écrou trop grand.

À défaut d'être mousses amarinés aux planchers qui tanguent, tous les Belges sont un peu pompistes, sans en être pompeux ni pompettes. Mais côté français, c'est dur. Le dimanche a tout d'un jour de semaine. On voit même encore des hommes d'un certain âge se promener en bleu de chauffe sur les chemins de halage. Ils ne sont pas chiens d'enfiler les chaussures de sécurité, à bouts métalliques. L'usine en fournissait deux paires par an. On ne les use jamais à piétiner devant les machines. On les finit dehors ou au

jardin. Ça économise les pantoufles, autre valeur
sûre de la philosophie locale.

Pour être franc, j'aime le lieu très commun, la
ville où les joies sont comptées, la campagne
refermée sur son vide. Un mur délabré subvient
à mes envies de bonheur, quand ce n'est pas seulement une branche cassée au milieu du sentier.

Lorsque je me balade dans la vallée de la
Goutelle où la vacuité est intense comme une
manière de vivre je me sens chez moi, dans la
nullité accomplie, dans l'insignifiant absolu. Je
coule dans le brouillard, je longe les pluies, des
glissements de vent raccommodent des bouts de
neige désassemblés par un ruisseau. Je suis bien,
non comme on est bien au paradis, mais comme
on peut être bien à l'intérieur de sa propre peau.

Ici, l'homme se suffit. Il est vivant, aucune
beauté spéciale ne le sollicite, il n'attend pas
grand-chose du ciel, et rien du gouvernement.
La vie est stabilisée dans un équilibre qui ne doit
rien à personne. Et tout va bien. On est arrivé à
ce point d'indifférence qui nous associe à la
nature, à ce qui existe de toute façon, avec ou
sans nous, que nous soyons ou non d'accord ou
partie prenante. Quand elles se croisent au bord
des étangs, les vies se racontent. Les vieux parlent à tout le monde. Tout le monde parle aux
vieux. Jamais les Français n'ont mieux parlé aux
Français. Ni d'aussi près. On s'occupe. Le langage remplace tout. C'est le seul bien matériel
révéré par ici. «Dire des carabistouilles», voilà le
viatique. Alors, on dit des carabistouilles.

Personne ne sait exactement ce que cela signifie, «dire des carabistouilles». Des mots après d'autres mots, pas trop réfléchis, pour dire quelque chose, sans vantardise. Preuve qu'on existe, puisqu'on parle. Preuve que les autres existent, puisqu'ils nous écoutent. La chronique d'une ville ne s'écrit pas autrement. Carabistouille après carabistouille. Bien bonne après bien bonne. Pas d'exclamations admiratives, pas de ronchonnements, pas de revendications. Non. Des mots. Même pas pour information. Même pas des anecdotes. Entre nous, en famille pour ainsi dire, inutile de préciser que chaque vie est un roman. La nôtre aussi. Cela va de soi.

Dans les romans, les personnages ne déclinent jamais leur fonction romanesque. «Monsieur Goriot, personnage de roman, enchanté.» Cela ne se fait pas, si on veut continuer à y croire. Pourtant, nous sortons tous d'un roman dont le titre est le nom de la ville où nous vivons. Parfois, seulement le nom du quartier. Ou le nom de l'endroit où nous aimons aller traîner l'après-midi, après le repas, avant l'émission de télé, dans ces heures digestives qui réclament un minimum de mouvement.

L'écrivain guette là.

Par exemple, la manière de dire au revoir :

«Allez, alut, hein!»

Comment réemployer cette vérité sonore dans la vérité silencieuse de l'écriture? Jamais on n'entend dire : «Salut!» Toujours : «Alut, hein!», sur ce ton d'insistance épuisée, de lassitude ironique qui caractérise l'accent de ce Nord qui a toujours hésité entre deux pays, deux cultures, deux manières de prononcer les mêmes mots. Il y a du wallon dans l'air, mais détaché de toute identité, remanié avec ce que Verlaine entendait comme un phrasé anglais. Il ne s'agit pas d'un patois qui s'oppose au patois du village voisin, mais bel et bien de l'interprétation d'un état d'esprit, d'une sorte d'humour par rapport à la rudesse du quotidien, une distance, presque une clownerie.

«Alut, hein!»

À l'entendre on ne parierait pas cher sur la longévité de celui qui lance ces mots. Il ne passera pas la nuit. Demain matin, on le retrouvera mort dans son oreiller. Sans étonnement, car il était au bout du rouleau, il n'en pouvait plus, il était rongé de toutes parts. Mais le lendemain, dix mille lendemains plus tard, on l'entend encore quitter ses hôtes avec ce «Alut, hein!» qui nous avait fait craindre le pire pour lui. L'éreintement éreinte, mais il ne tue pas. En tout cas, pas sous ces cieux dont il retombe encore des puanteurs d'usines, des courants d'air qui sentent la rouille et l'huile, des soupirs portant des vapeurs d'eau-de-vie, et qui ont voyagé.

Le jour est toujours à l'heure

L'heure tourne. Elle ne se fatigue jamais.

C'est ce que j'aurais aimé être : une horloge. Est-ce qu'il existe un meilleur métier ? Compter les heures, les minutes, les secondes, voilà une mission exaltante, profitable. Universellement reconnue comme une fonction majeure dans la société.

De jour, de nuit, l'été, l'hiver, au calme ou dans la tempête, l'horloge sait sans cesse ce qu'elle a sans cesse à faire. Elle progresse sans perdre une seconde. Son temps lui est compté. En même temps, il est inépuisable. Le tic-tac constitue le plus bel acte de foi dont un objet mécanique puisse s'enorgueillir. J'envie la situation sociale de l'horloge. J'en éprouve même de la jalousie. Pourquoi suis-je ce que je suis alors que j'aurais préféré être une horloge ? Horloge, j'eusse été la plus heureuse des horloges. Homme, je suis le plus malheureux des hommes, notamment parce que je suis obsédé par le regret de n'avoir pas été désigné pour être une horloge.

J'aime les mouvements répétitifs, l'entêté labeur des rouages, des engrenages, tout ce qui ne revient jamais sur ses pas, tout ce qui ne dément ni ne transforme ce qui a été déjà dit. L'horloge réitère inlassablement, pourtant elle ne se répète jamais. C'était ma vocation, ma nature, mon destin. J'ai une mentalité de compteur. Je m'imagine à hauteur respectable sur la paroi d'un beffroi, en Flandre.

En effet, c'est en Flandre que les horloges préfèrent donner l'heure. Parce qu'on les voit de loin et de n'importe quel point de ces paysages dont la circularité n'est bornée que par l'horizon. À intervalles réguliers, comme il se doit, je lâcherais quelques notes d'un air connu dans la région. Peut-être seulement une esquisse de chant patriotique ou un abrégé de cantique. J'appellerais pour la messe. J'ai beau ne pas être un croyant de premier choix, je trouve du charme, et de la distinction aussi, dans le fait de se rendre dans une église. Mais j'appellerais également au marché aux bestiaux, à la fête foraine, à la kermesse de printemps, à la course des garçons de café, au carnaval, au bal du solstice.

Mais surtout je signalerais qu'il est l'heure de rentrer à la maison, qu'il est l'heure de remettre de l'argent dans la machine du parking, qu'il est l'heure de l'autobus, du train, de l'école, de se lever, de se coucher, d'ouvrir un œil, de boire une bière. C'est fou le nombre d'heures où il y a quelque chose à faire et le nombre de choses à faire qui ne se font qu'à une certaine heure.

Parfois, l'heure prend une telle importance qu'on ne se contente pas de la relever d'une voix blasée, mais qu'on l'inscrit sur un papier, officiel ou non, qu'on l'imprime même. Il en va ainsi de l'heure d'un mariage en mairie, d'une réunion du conseil, de l'assemblée générale d'une banque, d'un exercice des soldats du feu. Il ne se passe pas de jour sans que l'heure ne soit consignée quelque part, dans un registre, sur un ticket de quelque chose, une invitation, une convocation, une main courante, un article de presse, un bout de nappe dans un restaurant.

Le feuilleton de l'heure, au fond, est le plus abondant, le plus suivi de tous les feuilletons. Il comprend des millions de pages chaque jour, dans le monde entier. Il ne s'écoule pas une seconde que l'heure qu'il est et que l'heure qu'il sera, voire que l'heure qu'il fut ne soient imprimées. L'heure est partout, avec un succès qui ne se dément jamais. L'homme d'aujourd'hui, si fluctuant, si difficile à fidéliser, ne se lasse pas, jour après jour, de cette évidence qu'il est midi ou cinq heures du soir. À n'importe quel âge, c'est toujours avec un intérêt renouvelé qu'il s'inquiète de l'heure qu'il est, dont il a constitué une préoccupation équivalente au souci qu'il conçoit du temps qu'il fait, qu'il va faire ou qu'il a fait.

Les lettres qui grignotent le blanc de la page ressemblent à la marque que laissent les secondes sur le vide de l'univers. Écrire, peut-être est-ce compter le temps, remplir l'espace avec un mode de calcul monotone et fascinant, faire tourner une horloge à encre. Ce serait alors pour moi une revanche sur le hasard et sur la biologie qui n'ont pas daigné m'offrir ma chance en qualité d'horloge.

Certains jours,
l'homme croit qu'il va vite

La vitesse de l'homme est en effet considérable. Mais aussi vite se déplace-t-il, jamais il n'a été capable d'aller plus vite que l'eau de la rivière ou du fleuve.

L'eau de la rivière fait du trois kilomètres-heure, je viens de le vérifier dans une encyclopédie. Elle peut faire du dix ou du douze, selon sa situation géographique. Mais je choisis volontairement de l'eau à trois kilomètres-heure, vitesse qui paraîtra très modeste à l'observateur moderne habitué à des allures beaucoup plus énervées.

À pied, sans courir, l'homme file à cinq kilomètres-heure. S'il court, il double cette vitesse. Quelquefois il la triple, on dit alors qu'il court vite. Il peut augmenter artificiellement sa vitesse en empruntant une bicyclette. L'augmenter encore par la force du vélomoteur. L'augmenter encore en ayant recours à une automobile. Voire à une automobile de course.

Néanmoins, quoi qu'il fasse pour aller vite,

l'homme à trois cents kilomètres-heure n'ira jamais aussi vite que l'eau qui coule à trois kilomètres-heure. Ou plutôt, il ira quelquefois à une vitesse égale, mais jamais il ne pourra la dépasser, la doubler, se rabattre devant elle en lui confectionnant une de ces queues de poisson qui sont l'orgueil des carnassiers que nous sommes.

Démonstration. Soit une eau qui coule à trois kilomètres-heure dans le lit d'une rivière. Soit un homme qui marche à cinq kilomètres-heure sur le bord de la rivière. Au bout d'une heure, l'homme devrait avoir, sinon laissé l'eau très loin derrière lui, du moins l'avoir devancée de deux kilomètres. S'il avait conduit une voiture de course roulant à trois cents kilomètres-heure, il aurait dû avoir pris une avance de deux cent quatre-vingt-dix-sept kilomètres.

Or, bien qu'il aille beaucoup plus vite que l'eau, jamais il ne réussit à la dépasser, ne serait-ce que d'une goutte ou d'un pas. Il faut donc en conclure que l'eau lancée à trois kilomètres-heure est plus rapide que l'homme qui se traîne à trois cents kilomètres-heure. La vitesse de l'eau se révèle donc plus efficace que la vitesse de l'homme.

L'homme double les flaques ou les bouteilles d'eau minérale, mais il se trouve dans l'incapacité de dépasser de l'eau en mouvement. Même Jésus, funambule aquatique sans bouée et artiste du miracle promotionnel, n'y a pas réussi. Il marchait sur l'eau, en essayant de ne pas tomber dedans, et quoi qu'il fasse l'eau était toujours

devant lui. La vitesse de l'eau a toujours été
supérieure à la vitesse de Jésus.

Dès lors qu'est établie la domination de l'eau
sur tout ce qui bouge sur les chemins de halage,
on est en droit d'estimer que l'homme perd son
temps quand il court. Les soixante-quinze pour
cent d'eau dont il est composé n'atteindront
jamais la longue promptitude de l'eau vive des
rivières. L'homme n'est pas peu de chose, mais
il n'est pas grand-chose.

Un prénom pour tous les jours
de la vie

Il n'y avait pas de soleil. À peine s'est-il
brièvement dévoilé à Revin où le caprice m'avait
installé devant un américain cervelas à la mayon-
naise dont la digestion m'a coûté deux jours
d'efforts passifs. Frites précuites et congelées en
usine, cervelas congelé, pain congelé, le tout tra-
versé par la course des engrais agricoles et des
conservateurs alimentaires, un régal. Une bière
en boîte a aidé au chargement.

À la table voisine, un petit garçon s'appelait
Sean (prononcer : Chaune). Il manquait beaucoup de dents à sa maman, une grosse jeune
femme avachie devant une merguez brillante
comme de la confiture. Son plaisir, c'était d'apprendre au monde qu'elle avait un fils et qu'elle
l'avait prénommé Chaune. En vingt minutes,
elle a prononcé ce nom célèbre et prestigieux
une bonne centaine de fois, sur tous les tons,
pour tous les usages.

«Chaune, tiens-toi bien! Chaune, ta merguez
va être froide! Chaune, il fait beau aujourd'hui!

Je te l'avais dit, Chaune! T'as vu, Chaune, y a du monde!»

Parfois elle criait, mais c'était seulement pour dire «Chaune» à voix beaucoup plus haute. On sentait que c'était là son unique fierté, la gloire de sa vie, et peut-être une forme de vantardise, comme quoi, dans ses rêves, elle fréquentait des gens d'une race supérieure, des milliardaires californiens, beaux comme des immeubles en verre, miraculeux comme des effets spéciaux, et récurrents, bien sûr, car le bonheur des malheureux fleurit dans la récurrence.

À un moment, un coup de vent a fait glisser vers ma table la serviette en papier du gamin. Je l'ai saisie au vol et je l'ai tendue à Chaune, qui s'est déplacé en se coulant le long du banc. Il avait le regard torve, la bouche de travers, les mains grasses. Il a pris la serviette, comme un voleur attrape un sac à main.

«Chaune, dis merci à monsieur!» s'est écriée la mère.

Puis elle s'est tournée vers moi, dans un curieux mouvement qui empruntait à la fois au pivot et à la spirale, et elle a dit, alors que je ne lui demandais rien:

«Il s'appelle Chaune!»

Arrondissant l'index droit au bout de mon pouce droit, dans le geste zéroïde des plongeurs sous-marins, j'ai félicité la dame de son choix, en soulignant mon compliment d'un clin d'œil plus que soutenu.

«Les Chaune ont bon caractère et ils réussissent dans la vie, m'a-t-elle expliqué. Ils sont séducteurs et romantiques, mais ce sont aussi des hommes d'action et des grands voyageurs. Surtout s'ils sont nés sous le signe du Lion, en juillet.

— Il a tout, cet enfant, dis-je.

— J'ai tout fait aussi pour qu'il ait tout», soupira la mère en hochant la tête.

Chaune grignotait la merguez en se graissant la figure, jusqu'au front.

«Ça te plaît, de t'appeler Chaune? ai-je demandé pour ne pas clore trop vite cette conversation.

— Non, bouda le môme.

— C'est un très beau prénom, pourtant, tu sais», ai-je insisté.

Puis, m'adressant à la maman :

«C'est vrai que c'est un très beau prénom.

— J'aime pas, râlait l'enfant.

— Et pourquoi t'aimes pas? ai-je demandé.

— On m'appelle Chaune d'œuf.»

Il aurait fait moins beau, la mère se serait effondrée, en larmes.

«Les enfants sont méchants entre eux, dit-elle. Mais ça passera. Faut voir l'âge. Et pis, Chaune, je vais te dire : t'as qu'à leur casser la gueule !

— Y sont plus forts. Et pis, c'est des grands.

— De toute façon, reprit la mère, Chaune d'œuf, ça veut rien dire et c'est bête, Chaune d'œuf ! Pis d'abord, c'est mieux que Mustapha dans ta culotte !»

Elle a quêté mon approbation, que je lui ai concédée sans résistance.

« Chaune, y a rien de plus beau ! » a-t-elle affirmé en pointant l'index sur la moitié de merguez qui imbibait le papier qualité contact alimentaire.

Le gamin a haussé une épaule et s'est intéressé à autre chose. La mère est revenue vers moi :

« Je veux pas dire du mal, mais les gens par ici, y sont pas évolués du tout. »

Ce qu'elle m'a expliqué ensuite n'avait rien de formidable. C'était l'histoire d'une fille grosse et pas belle qui avait eu un petit garçon dont le père vivait maintenant dans une autre ville.

Toutefois, elle eut une phrase sublime, en montrant le gamin :

« Si jamais un jour y va en Amérique, en s'appelant Chaune, y s'ra comme tout le monde, et respecté. Y a qu'ici qu'on se moque des gens qui s'appellent Chaune. »

Consolation du jour

Pour me consoler des tristesses de l'actualité, je me suis écouté les seize valses de Brahms. Ce n'était pas prémédité. En me déplaçant dans le bureau, machinalement j'ai aligné un CD qui dépassait un peu de la ligne. C'était les valses de Brahms. Je ne les avais pas entendues depuis plusieurs années. Je n'avais pas besoin de les entendre. Je les connais par cœur. Elles se jouent à la demande dans ma tête. En ce qui concerne la musique, je préfère me souvenir qu'entendre. Mais j'avoue qu'entendre ce n'est pas mal non plus. Cela devrait m'arriver plus souvent. Je devrais me discipliner pour la musique comme je me discipline pour la lecture. Je ne suis jamais tenté d'écouter un enregistrement. C'est un plaisir beaucoup plus solitaire que la lecture, quoi qu'on en dise. Lorsque nous lisons, nous ne quittons pas la réalité. Nous sommes sur Terre, dans des problèmes de Terriens, dans l'expression normale du quotidien. Le plaisir en est matériel, concret pour ainsi dire. Les mots qu'on lit correspondent à un objet. Nous pouvons le prendre, le manipuler, le déplacer, tourner autour. Ce n'est pas aussi évident avec la musique, du moins pour moi qui ne suis pas tellement musicien, intellectuellement, et qui n'éprouve à l'audition d'une œuvre qu'une émotion physique, un bouleversement jubilatoire, mais dénué de toute image, détaché de la nature et du paysage, un peu comme le verre de vin me transporte dans un monde sinon vraiment meilleur, du moins plus optimiste. La musique et l'ivresse se ressemblent dans leurs bienfaits. Je cherche à m'étourdir et je m'étourdis. C'est à la fois une méthode et une drogue.

La lecture me transporte de joie également. Mais je peux analyser cette allégresse, cette jouissance même, et qui peut aller jusqu'à la félicité. Je sais ce qui me plaît dans une phrase, dans une observation, dans cette musique du style où le monde est possédé par les mots, sans ambiguïté, dans un sentiment qui demeure hautement raisonnable, nommé avec des matériaux dont n'importe qui peut disposer, l'auteur, le lecteur, l'homme qui n'écrit pas, qui ne lit pas, les gens croisés dans la rue, les vieux, les jeunes, les morts, les vivants, les personnages historiques, les anonymes. Tout le monde dit la même chose à peu près de la même manière. Et cela ne peut pas être chanté. Et ce chant, de toute façon, ne peut pas être délégué à un instrument ou à une machine. La musique est un langage, une consolation, je l'ai dit plus haut.

Mais elle ne nous permet pas de parler d'homme à homme. Elle nous condamne au silence et à la solitude.

On n'imagine pas une société où on devrait s'exprimer en musique, exclusivement. Les discours des politiques y trouveraient sans doute un regain d'intérêt (une fanfare y suffirait). Les serments d'amour accéderaient à cette part d'indicible qui les caractérise et que le langage courant simule en usant de la répétition inlassable des trois ou quatre mêmes vocables. Il lui jouerait de la flûte ou du banjo. Elle lui répondrait au biniou ou à la guimbarde. L'hélicon et le violon échangeraient des mesures accordées sur le bord des lacs au soleil couché. Les parents et les enfants useraient de musiques tendres ou sévères pour ordonner, obéir, dire leur bonheur ou leur révolte. Je crois que la société serait insupportable. Même la campagne ne serait plus tranquille. Il y a déjà les cloches pour nous rappeler l'heure du repas ou de l'émission à la télé. Et le cri de gouffre des vaches dans les éloignements des pâtures. Si les paysans, dont l'âme est naturellement musicale, prenaient le pli de ne discuter qu'à l'aide de la musique, comme des oiseaux à grosse capacité pulmonaire, la ruralité serait un enfer.

C'est donc aussi bien que la musique soit enfermée dans l'épaisseur des disques en matière plastique ou dans les caisses des appareils de radio (coquet, je cause à l'ancienne), et que dans la vie de tous les jours, pour les besoins courants et pour les besoins pressants, l'homme moderne ne se sente pas encore trivial de dire ce qu'il a à dire avec des mots, des fautes d'orthographe, des liaisons hardies, des fourvoiements délictueux et des désinvoltures sémantiques pleines de charme. Le mieux que nous ayons à faire c'est de rêver d'un monde meilleur. Le malheur de l'homme, c'est d'avoir trop souvent rêvé d'un monde parfait.

Le jour des voisins

Avec l'année nouvelle, les observateurs du ciel nous informaient qu'un trou noir avait absorbé trois cents millions de soleils. L'information effraie. Le cosmos ne travaille pas dans la modération. Aujourd'hui, on apprend qu'une sonde s'est posée sur Titan, un satellite de la planète Saturne, situé à plus d'un milliard de kilomètres de la chaise sur laquelle je me suis assis. Pendant une heure, cette sonde nous a adressé des photographies du paysage au milieu duquel elle se trouvait, après un voyage dont la durée fut de sept ans. Cela favorise la mondialisation de l'applaudissement.

Tout en mâchant son croissant mouillé de café, l'homme est fier d'être allé si loin. Aucun véhicule terrestre n'est jamais allé aussi loin. La distance reste un bon outil d'évaluation de l'orgueil. Le problème n'a jamais été d'aller quelque part, mais seulement d'aller aussi loin que possible.

L'immensité de l'univers ne permet pas vrai-

ment de choisir son adresse. L'homme foule le
sol de la Lune, il fait tourner des instruments
autour de Vénus, il jette un appareil photo
dans le froid de Titan. L'organisation sidérale
lui impose ces destinations. Il voudrait bien se
promener dans les galaxies, comme il se promène dans son jardin. Il aimerait même faire la
connaissance du voisin, que les enfants des uns
et des autres nouent des liens d'amitié autour du
baby-foot, pendant que les parents discutent de
choses et d'autres devant un verre d'apéritif,
dans l'odeur du gigot qui tourne dans le four de
la cuisine. Et que les histoires auxquelles il est
habitué depuis la nuit des temps se poursuivent
dans de bonnes conditions, avec les fêtes de
Noël, les vaudevilles, les concours de pétanque,
les rivalités politiques, les souvenirs de guerre,
les calembours primitifs.

Pour l'instant, il en est loin. À des milliards
de kilomètres. Beaucoup plus, prétendent les
pessimistes.

Mais on y arrivera. Parce qu'un monde sans
voisins n'est pas concevable. Même en Austra-
lie, où l'habitat est dispersé, tous les voisins ont
des voisins, à qui ils rendent visite en avion.
Même en Sibérie, l'homme sait qu'il a un voisin
à droite et un voisin à gauche. Même ici, dans
les Ardennes, l'Ardennais déclare avec fierté
qu'il a des voisins car, dans ce département
dépeuplé où le climat est hostile à toute forme
de vie, il va sans dire que les Ardennais sont plusieurs. D'ailleurs, ces pages doivent beaucoup à

mon vieux voisin, et au Tatard qui, en son temps, fut mon voisin, et aux gens d'en dessous, d'au-dessus, d'en face, à ceux de la rue, de la côte, du fond de la Forge, de l'autre rive des étangs.

Bien que cette évidence me fasse mal au ventre, on peut même considérer que les gendarmes sont aussi mes voisins, puisque de ma fenêtre je vois la gendarmerie, ses mouvements de troupes, la fumée de ses chauffages, ses bâtiments aux façades aspergées de soleil matinal. Le plus solitaire des sangliers n'est jamais sans voisins. L'univers est truffé de voisins.

Si nos voisins ne vivent pas sur la Lune, sur Saturne ou sur Mars, comme on l'a cru pendant des siècles, c'est qu'ils vivent ailleurs, plus loin. On ne les voit pas, mais ils sont là. Ils vont aux commissions, au cinéma, achètent des sacs de bonbons, regardent un genre de télévision, pètent pour faire rire les copains, pleurent de joie aux enterrements parce qu'ils sont heureux de ne pas être à la place du mort, jouent aux courses, se fabriquent de la bile pour l'avenir de leurs enfants. Nous ne sommes pas leurs seuls voisins.

Eux aussi ont des voisins de l'autre côté de la route céleste. Ils les cherchent, en expédiant des sondes à des milliards de kilomètres de leur maison. Selon toute vraisemblance, l'univers a été créé pour exercer l'art du voisinage. S'il fut prévu si vaste, c'est pour éviter que le voisinage ne se transforme en promiscuité.

Un jour à l'eau

La tempête ne roule pas qu'à moitié. Elle n'est pas un vacarme qui fonce dans un mur. Elle est un mur qui file à toute vitesse contre d'autres murs, elle les balaie. Autrefois, on interdisait aux cardiaques de se promener en plein vent. Ils y étouffaient. Avec le vent qu'il souffle ce matin, pas un cardiaque ne survivrait en plein air. Je ne suis même pas certain que les volets puissent subir sans dommage cette épreuve qui en secoue plus d'un. Depuis une semaine, la pluie n'a pas cessé. Les spécialistes commencent à s'inquiéter, surtout à Paris où la ville a beaucoup de choses à perdre dans les inondations.

« Il y aura inondation, disent-ils, s'il pleut pendant quinze jours et à condition que, pendant ces quinze jours, il pleuve plus fort pendant deux jours. »

Cette phrase, plus alambiquée qu'elle n'en a l'air (mais alambique-t-on l'eau ?), m'a laissé pantois pendant un long moment. Sa précision en cascade, ses tiroirs qui étagent les pluies ne peuvent être l'œuvre que d'un esprit vraiment très organisé.

De quoi est-il question? Il doit pleuvoir quinze jours dont deux plus fort.

La quantité d'eau qui distingue un jour de pluie et un jour de forte pluie n'est pas définie. Ce peut être dix gouttes ou dix litres de gouttes. Tant qu'il pleut comme il a plu la veille, le risque d'inondation est écarté. S'il pleut pendant quinze jours, vingt-quatre heures sur vingt-quatre, l'inondation n'aura pas lieu, même si durant les deux jours qui suivent ces quinze jours les précipitations s'accentuent. Pour que l'inondation se produise, il est impératif qu'il pleuve pendant quinze jours dont deux jours de plus fortes pluies. On voit que la météorologie intègre dans ses prévisions le temps qu'il fait et le temps qui passe, les caprices du ciel et les rigueurs du calendrier. Elle laisse néanmoins une marge de manœuvre aux événements naturels, puisque n'importe quel jour peut être l'un des deux jours où il est possible de pleuvoir plus fort.

Scientifiquement, une catastrophe n'est envisageable que sous certaines conditions, lesquelles n'étant pas réunies à l'endroit et pendant la période conjecturés, elle se trouvera dans l'impossibilité de se produire. Il devient donc de plus en plus difficile pour une catastrophe de se manifester en ignorant les règles et les calculs. Si ses procédures ne respectent pas cette espèce de code de bonne conduite mis au point par les savants, elle perdra l'estime de la communauté scientifique, notamment celle des journalistes du bulletin météorologique qui en sont les prestigieux porte-parole.

La science complique donc le travail du malheur. Ce n'est pas le moindre de ses mérites quand il s'agit des maladies dont souffre le vivant. On lui doit de vastes soulagements et des guérisons à proprement parler miraculeuses. La vie n'est plus concevable aujourd'hui sans cette intelligence qui veille sur nous et nous apprend à être heureux sans autre bonheur que celui de n'être plus aussi malheureux.

Mais ces mérites sont sans commune mesure avec ceux qu'engendrent le contrôle et la maîtrise des éléments déchaînés. Longtemps à l'avance nous connaissons les intentions d'une tempête. Nous avons pénétré l'intimité des orages. Les pluies n'ont plus aucun secret pour nous. Le mauvais temps est fiché. De fins limiers sont lancés à ses trousses, armés de numérique et de théories. La traque est devenue si pressante qu'il ne pourra plus jamais dormir en lieu sûr. Il n'existe plus un endroit de la planète où il n'est pas attendu par des brigades spécialisées. On le photographie, on le filme, on analyse chacun de ses mouvements. Ses trajectoires sont répertoriées. On n'ignore rien de ses préférences, de ses goûts, de ses vices. S'il avait une femme, on l'aurait déshabillée. La télévision lui aurait tendu le piège de la célébrité. Elle aurait révélé les secrets du ménage, présenté ses échographies au jour-

nal du soir. On l'aurait vue dans les magazines
à scandale.

Mais comme tous les héros authentiquement
héros, le mauvais temps ne se marie pas. C'est
un loup solitaire qui marche à pas feutrés sur
le sentier de la guerre en méprisant les joyaux
de la Couronne et les cours de Wall Street,
conscient que sa mission n'est qu'une tentative
de la volonté divine de se rappeler au bon souvenir des hommes dont la mémoire sombre dans
les marasmes densifiés de l'oubli quotidien,
comme disait je ne me souviens plus quel poète,
héritier déjeté de Saint-Pol Roux le magnifique.

Cela étant, Paris prend ses précautions. Les
musées éminents déménagent leurs réserves
dans des banlieues plus éminentes encore. Des
agents de la police municipale sont mis en fac-
tion sur les berges encore peu navigables de la
Seine, fleuve alimenté par l'Oise, la Marne et
l'Aube, ce qu'on a fâcheusement tendance à
taire en temps normal. Ces agents mesurent
l'élévation du niveau de l'eau à l'aide d'un appa-
reillage sophistiqué dont le résultat s'exprime en
centimètres. Ils communiquent ces chiffres en
déplaçant la main de bas en haut, paume tournée vers le sol, doigts tendus et serrés. Ces
signaux sont reçus par des ingénieurs commis à
leur réception et payés en heures supplémen-
taires, et même en heures de nuit, car si la pluie
n'arrête pas le pèlerin, la nuit n'arrête pas la
pluie. Toutes les informations recueillies à ciel
ouvert sont centralisées dans un lieu dont l'iden-

tité est gardée secrète et où les techniciens, supé-
rieurs il va de soi dans ce cas de figure, circulent
à pied sec, puisque l'altitude du bâtiment a été
arrêtée en fonction du niveau insurpassable de
la crue de 1910, dont le souvenir demeure gravé
dans toutes les mémoires parisiennes ayant survécu aux deux guerres mondiales, à l'invasion de
McDonald's, aux calamités de la politique et
au vieillissement naturel de leurs propres cellules
cérébrales.

   C'est dans cet endroit à l'abri des intempéries
qu'on a élaboré la théorie dite des « quinze dont
deux », selon laquelle, comme je le disais plus
haut, l'inondation est concevable seulement
dans la mesure où la pluie tombera sur Paris
pendant quinze jours consécutifs durant lesquels
elle tombera plus fort pendant deux jours. Difficile d'être plus clair.

Jour de crise

Depuis quelque temps, Bouillon m'apparaît comme une ville minuscule casquée d'un château médiéval, sombre, peu sympathique et dont les formes se fondent de plus en plus dans celles de l'éperon rocheux sur lequel il a été construit. Les rues n'offrent pas les distractions espérées. Des couples de commerçants attendent le pigeon. Ils ont les reins gras et s'appuient à deux mains sur le bord du comptoir, enragés à gagner de quoi devenir propriétaires en Provence ou dans la Drôme.

Hier était une journée comme il m'en échoit de temps à autre, où malgré ma bonne humeur rien ne trouvait vraiment grâce à mes yeux. Pourtant, pour une fois, le spectacle ne me déplaisait pas. D'autant qu'il n'y avait rien à voir et que c'est reposant pour les yeux.

Dans cette partie de la Belgique, les vitrines proposent depuis trente ans les mêmes insupportables articles d'extrême mauvais goût, les bols à prénom, les bracelets à prénom, les amu-

lettes astrologiques, les cuillères de croisés, les
cœurs gravés je t'aime, les boules à neige, les
cochons de faïence bulgare dans des postures
sexuellement explicites, les cendriers à drapeau,
les boîtes de cigares de qualité supérieure.

Traversant ce crépuscule touristique, on
éprouve le sentiment d'un monde qui chemine
doucement vers sa perte. Personne ne croit plus
ni au présent ni à l'avenir. Le touriste ne se fait
aucune illusion sur le prestige de l'endroit qu'il
hante — au seul motif qu'il n'a pas les moyens
ou le temps d'aller ailleurs, où c'est toujours
mieux, forcément. Quant aux boutiquiers, res-
taurateurs, bistroquets, ils ne prennent même
plus la peine de donner le change en souriant
quand ils servent la limonade. Leur visage maf-
flu, peau jaunâtre, barbe mal rasée, exprime
toute la détresse du manque à gagner.

« C'est dur, tout le monde le dit », confie l'un
d'eux, épuisé de soucis, qui s'est lancé voici dix
ans dans la gastronomie neutre, frites jambon,
frites saucisses, frites omelette, frites cervelas,
frites boulettes, frites fricadelles, une carte belle
de classicisme et qui pourvoit aux désirs les plus
capricieux de la clientèle.

Chargée des pluies et de la terre arrachée par
les pluies, la Semois prend ses aises jusqu'à cent
mètres de son lit, noyant les baraques de jardin,
les arbres. Débordant déjà presque sur le quai.
Au-dessus, dans un ciel pâle comme un de ces
malades pour qui sonne le glas, un bout de soleil

en réchauffe une. Il fait doux à se promener, doux à regarder, doux à respirer.

Des odeurs de vanille flottent d'un trottoir à l'autre, au passage d'un paquet de jeunes filles en voyage scolaire, des Flamandes. J'aperçois les ventres nus, d'un gris translucide qui rappelle la couleur de ces minuscules crevettes qu'on mangeait du côté d'Ostende. Les nombrils s'ornent d'une perle ou d'un diamant plus ou moins sincère. Parfois, un tatouage sur l'os de la hanche, hippocampe, tête de lézard, oiseau de proie, tout cela moins vu qu'entraperçu ou même seulement vaguement détecté, clichés de l'époque, d'une banalité qui ne génère que de l'indifférence.

Finalement, on a tout vu, et plutôt deux fois qu'une. La vie n'en est pas moins belle, de se répéter, jusqu'à radoter, ramenant ses sciences anodines, longueur des robes, couleur des cheveux, boisson à la mode, chanson dans le vent, drogue confessionnelle, engouement sélectif. Les variations des futilités vestimentaires me paraissent, d'une certaine façon, participer de l'humour. Bien que je n'aie jamais ressenti l'urgence de me conformer aux marottes de la mode, je dois dire que j'en observe les remous avec une certaine félicité. Tout ce qui remplace et annule ce qui précède m'enchante. L'apparition d'une mode ne signale que la mort d'une autre mode. Tant que nous trouverons de l'intérêt à cette versatilité aimable, tout ne sera pas perdu pour nous. Nos préférences sont chan-

geantes. Nous aimons longtemps le même objet
ou le même sujet, à condition qu'il change régu-
lièrement d'aspect, qu'il nous offre l'illusion, ce
cadeau merveilleux, d'être sans cesse nouveau.
Il en va de la mode comme des personnes, des
tentations comme des sentiments.

Sans en avoir toujours conscience, nous
sommes nous-mêmes le divertissement des
autres, comme ils sont le nôtre. Regarder passer
la rue reste un de mes loisirs favoris. Je m'y
reconnais. J'y note mes propres ridicules, mes
insuffisances, mes prétentions stupides, mes
défauts d'apparence, mon inélégance, ma balour-
dise. Ces gens, dont je souris, témoignent seulement de ce que je suis.

Le bonjour du boucher!

Dans ses bons jours, le boucher du supermarché ne manque pas de fantaisie. Il accueille
la clientèle par cette question :

«Vous voulez de la viande?

— Deux steaks hachés, s'il vous plaît.

— Pourquoi vous voulez de la viande? Si
vous voulez acheter de la viande pour la jeter,
moi, je vous préviens, je ne vous en vends pas.
C'est pour la jeter?

— Non, non.

— Il y a des gens qui achètent de la viande
pour la jeter. C'est leur plaisir. Ils ne se rendent
pas compte qu'ils me font travailler pour rien.
C'est du mépris pour le boucher, ça, non?

— C'est pas pour la jeter.

— Vous avez un chien?

— Non.

— Parce que, moi, je ne coupe pas de la
viande pour les chiens, vous êtes prévenu. Ça
serait trop facile. Dix ans d'expérience pour
découper de la viande qui va aux chiens, moi, je

me refuse. Pas question. Je suis sûr que vous avez un chat.

— Je n'ai pas de chat non plus.

— Je ne découpe pas de viande pour les chats. On me supplierait, que je ne le ferais pas. Même si on m'offrait des fortunes, je ne découperais pas de viande pour les chats. Vous savez que les chats se débrouillent tout seuls. Ils vont dans les poubelles, ils aiment bien les restes. Mais des fois, dans les poubelles, ils trouvent de la viande que les gens ont jetée. Je n'aime pas du tout ça, moi. Des restes, d'accord. Mais pas des steaks complets, comme on le voit trop souvent. Les gens sont fous, de jeter de la viande dans les poubelles. Les chats en profitent. Mais la bonne viande n'est pas faite pour les chats. Ni pour les chiens. Je sais bien que ma viande n'est pas chère, mais ce n'est pas une raison pour en faire n'importe quoi. Une viande bien œuvrée, ça se respecte. Vous êtes sûr de ne pas avoir un chat ?

— Pas de chien, pas de chat, pas de poissons rouges, pas de hamster.

— Alors pourquoi vous voulez de la viande ?

— C'est pour moi, ma femme, manger ce soir !

— Si je comprends bien, il n'y en a que pour votre gueule chez vous !

— Ben, oui.

— J'aime mieux ça, remarquez. Parce qu'on voit trop de clients qui jettent. De la bonne viande comme ça, c'est pas fait pour être jeté.

— Rien que pour ma gueule, je le jure !

— Si c'est pour votre gueule, ça va, je suis d'accord, je découpe de bon cœur.»

Tout en discutant avec une feinte violence, le boucher a découpé, haché, emballé, pesé, étiqueté la commande de viande. Il est content de lui. Il fait le coup à tous ses clients. Il me l'a fait à moi aussi. J'y avais droit. L'attention m'a fait chaud au cœur.

«La viande, m'a-t-il dit en confidence, je suis tombé dedans quand j'étais petit. J'ai aussi le don du commerce. Il ne s'agit pas de faire le travail comme une brute aveugle. Le rayon a besoin d'animation. L'humour humanise la boucherie. Trop souvent, le boucher passe pour un sauvage. Il est temps de restaurer l'image. De la joie, je dis! De la joie, dans la boucherie! De l'humour!

— Bien saignant, l'humour, s'il vous plaît!

— Ah, celle-là, je n'avais pas pensé à la faire!

— Il ne coûte rien de s'en payer une bonne tranche!

— Vous auriez pu faire boucher, vous!»

Jour de vacances

Aux vacances, je préfère les voyages. Peut-être parce que je me sens perpétuellement en vacances et très rarement en voyage. Encore qu'on voyage à travers la journée de la même façon qu'à travers les pays. Avec de longs trajets ennuyés, des haltes contemplatives, des étapes, des détours, des surprises. Les mots déterminent souvent les attitudes. Il suffit seulement de « se mettre en route » plutôt que de « commencer à travailler ».

Chaque journée est une aventure, si on veut bien nommer « aventure » le simple avantage de vivre, chaque geste est une conquête — de haute lutte, quelquefois, car il faut vaincre à la fois plusieurs ennemis dont le plus redoutable est la paresse naturelle de l'être humain devant la difficulté. Chaque pensée est un paysage qu'on parcourt des yeux, en attendant la dissipation des brumes plus ou moins matinales, que la lumière réfléchie éclaire petit à petit, dévoile, impose et donne à voir, comme disait Éluard.

Dans une journée, il y a aussi ces moments d'attente, identiques à ceux qu'on connaît lorsqu'on attend un train, un avion, une correspondance et qu'on erre longuement dans ces territoires de transition que sont les gares, où l'on cherche à s'occuper sans rien pouvoir entreprendre qui ne saurait être achevé avant que le voyage ne nous ait emportés plus loin.

On voyage toujours hors de soi, comme prisonnier d'un mouvement qui ne nous appartient pas, avec de la patience et une espèce de disposition à l'émerveillement qui nous fait admirer ailleurs ce à quoi on n'accorderait pas le moindre regard chez soi.

Le voyageur est possédé par le voyage. Il y a entre les mots destin, destinée et destination plus qu'un air de famille, un véritable ajustement des sens à une vérité qu'il serait trop simple de résumer en affirmant qu'on va quelque part, que la vie ou que l'instant ont un but, que la destination nous permet avant tout de vérifier que nous avons voyagé, c'est-à-dire que nous avons vécu.

Les journées possèdent parfois les qualités du voyage. En tout cas, lorsqu'on écrit, on se déplace, on progresse physiquement, laissant lettre à lettre une empreinte, des traces, des piétinements à certains carrefours. On couvre une distance réelle, mesurable, et la destination choisie, quand le livre est terminé, referme un épisode de la destinée.

On ne vit pas plus intensément que le voya-

geur ordinaire qui passe les fuseaux horaires
comme l'écrivain passe les heures, mais on ne va
pas moins loin, à se perdre aussi de temps à
autre, comme à la traversée d'un désert.

Il faut savoir que s'il est des territoires incon-
nus, il n'en est pas d'hostiles. Le pays, qu'il soit
mental ou géographique, accepte toutes les
volontés et toutes les curiosités. Il se livre entièrement, même s'il ne se laisse pas toujours
déchiffrer. En matière de voyage, il n'y a que les
agences qui pratiquent le «tout compris», alors
qu'il n'y a rien à comprendre, rien à apprendre
que ce que nous savons déjà et dont nous cher-
cherions désespérément confirmation.

Dans mon bureau, certains après-midi, j'ai
l'impression de me trouver dans un train, ou au
bord de la mer, ou à l'autre bout du monde. Je
suis dans une solitude peuplée comme une ville.
Je connais les rues, les édifices, les endroits où
l'on peut se procurer de l'alcool, du tabac et des
cartes à jouer. J'achète et je vends, je consomme,
je traduis, j'écoute les conversations dans les
bars, j'assiste à des cérémonies religieuses ou
coutumières. Je fréquente des gens étranges. Je
me suis retrouvé plusieurs fois dans des arrière-
cuisines de faubourg, aux fenêtres à petits car-
reaux colorés, la toile cirée répandait sur la
table de ces fleurs qui ne fanent pas, la cafetière
fumait et de vieilles personnes jouaient aux dés
en silence, avec une lenteur de mouvement qui
leur conférait cette espèce de hauteur dédai-

gneuse qu'on observe chez les danseurs, aux
Indes ou en Chine.

Il y a des pays à nos pieds, à portée de regard,
dans le jardin, devant la maison, parmi les fleurs
et les arbustes. On y voyage sans s'en apercevoir,
parce que le mot «voyage» a perdu, avec la
modernisation des moyens de transport, toute sa
mesure et toute la force de la vie. Et aussi la
puissance du rêve.

Quand j'étais enfant, je pouvais entrer dans
les gravures ou les photographies qu'on trouvait
dans les livres. Je voyageais par les mots aussi
concrètement que par les chemins. Et j'ai,
aujourd'hui, la mémoire de paysages que je ne
suis pas certain d'avoir seulement aperçus autrement qu'en songe ou qu'à travers la description
qu'aurait pu en faire un écrivain.

Mes voyages sont donc illimités. Le souvenir
que j'en garde les ramène à la raison et au possible ou au plausible. Je ne dis pas qu'un jour je
ne tenterai pas de retrouver sur la planète ce que
j'ai si souvent admiré dans mes rêves. Mais ce
n'est pas pour demain. Ni pour après-demain.

Il n'est pas utile de savoir où l'on va. Ni de
chercher un lieu où aller. Le monde se propose
à notre appétit, quand il le veut. Il s'ouvre. Il
dégage des perspectives, élargit le brin d'herbe
jusqu'à la forêt et le coin de fenêtre au ciel tout
entier. On ne voyage que dans l'abandon. Sans
horaires. Et, de préférence, sans retour.

Voir le jour

Certains matins ne s'arrachent pas de la nuit sans en emporter des traces, des épaisseurs, des lambeaux.

Le voyage, dans la vallée de la Meuse, m'avait paru somptueux. Il avait commencé sous ce soleil ardennais qui entoure le plateau, le cerne, l'enveloppe, plutôt qu'il ne l'envahit ou ne l'occupe. La lumière vient de l'horizon et s'échappe par bouffées qui adoucissent les reliefs. La contrée s'élève alors vers le ciel, comme poussée par cette force brumeuse, par cette énergie qui naît dans un espace que nous ne voyons pas, situé qu'il est bien en dessous de la ligne bleue, là d'où vient la course de la planète, déjà derrière, déjà loin.

J'étais détendu comme un honnête homme. Personne à mes trousses. Pas de comptes à rendre. Et devant moi, je ne savais encore exactement quoi. Peut-être la confiance, peut-être la déception, peut-être un surcroît de liberté, peut-être rien. Je crois que je n'espérais rien de cette journée. Je n'espère jamais. L'espoir est la vertu des vaincus ou des perdants. Je me contente d'être bien où je suis avec ce que j'ai.

Là, je marchais dans les rues où des foules s'entassaient en grelottant. Il aurait pu faire beau. Il avait failli faire beau. Du moins les gens l'avaient-ils cru, car beaucoup évoluaient dans des tenues de demi-saison un peu trop légères pour ce mars où les aurores grandissent sans laisser encore la place au grand jour. En Ardennais sceptique devant les indulgences climatiques, même annoncées par la radio, je m'étais entouré de plusieurs épaisseurs de laine et de coton, à la fois pour résister à la froidure et pour couper les effets du vent. De plus, je n'ai jamais été très frileux. Je reconnais l'air gelé comme on reconnaît un bon vin ou un plat qu'on aime. Je le consomme pour ce qu'il est, avec ravissement la plupart du temps.

Il y a en effet un bonheur du mauvais temps. C'est un bonheur étrange. Il nous donne l'impression que le temps qui nous est imparti dure plus qu'il ne le ferait s'il faisait beau. Dans le froid, on a la vie devant soi. On rentre dans les bistrots pour se réchauffer. On frémit en passant devant les boulangeries. Tout prend une tournure précieuse. Il faut marcher pour échapper aux morsures du froid. Le mouvement devient une façon d'exister. Le froid nous rappelle à notre condition. Il nous aide à ne pas nous oublier, à ne pas nous laisser aller. Il nous provoque à la lutte.

Dans cette ville, un mendiant tendait la main en disant :

« J'ai rien fait et j'ai faim. J'ai rien fait et j'ai faim. J'ai rien fait et j'ai faim. »

Je ne fais rien non plus, mais je lui ai mis une pièce dans la paume.

Au même moment, j'entends la voix d'Édith Piaf : « Ils sont arrivés, se tenant par la main », etc. Vraiment la voix d'Édith Piaf. Je me dis qu'un bistrot a poussé la sono et laissé sa porte ouverte. La rue profite de la chanson. C'est magnifique. Et puis, à un carrefour de petites rues, non loin de l'église Saint-Loup, je découvre une petite bonne femme potelée, blondasse, mal fagotée. Elle s'est arrêtée de chanter pour insulter les passants. En patois local sans doute, parce que je ne comprends pas un mot sur six. Puis elle reprend son air : « Ils sont arrivés, se tenant par la main… » Stupéfiant. Exactement le timbre d'Édith Piaf.

De loin, et sans voir cette femme, je m'y étais laissé prendre. De près, alors qu'elle n'avait rien du physique de la chanteuse, je m'y suis encore laissé prendre. À vrai dire, ce n'est pas Édith Piaf que je voyais devant moi, mais cette serveuse qui lavait les verres au fond du café, c'est bête à pleurer. Le personnage. Pas son incarnation. Non, le personnage. Cette femme avait lavé les verres au fond d'un café. Elle avait moins la voix d'Édith Piaf que la voix de la chanson. Elle venait de loin, de ces vraies expériences de la vie, de ces moments où on a mal, et tout ce passé lui remontait à la gorge au milieu de cette rue où le froid régnait dans une ombre qui mêlait l'ombre des maisons et l'ombre d'un arbre qui commençait juste à suer ses bourgeons.

À elle aussi, j'ai donné une pièce. En baissant un peu les yeux. Non pour lui faire la charité, mais pour la dédommager de la peine qu'elle se donnait en chantant dans la rue, au lieu de se laisser mourir confortablement dans un coin de mur. Elle m'a beaucoup remercié. Je l'ai laissée me remercier. Il faut accepter ce que les autres veulent nous donner, puisqu'ils acceptent qu'on leur donne une pièce, geste qui, sans contrepartie, pourrait traduire la hauteur, la condescendance, la pitié.

Le destin des femmes qui mendient intrigue toujours le passant. Si elles mendient c'est qu'elles n'ont rien à vendre. C'est qu'on ne veut pas d'elles. C'est qu'elles sont tombées si bas qu'on les foule sans les voir. On les refoule ainsi petit à petit du trottoir au caniveau. Peut-être qu'elles cherchent seulement à donner ce qui leur est encore possible de donner : une parole de gratitude, signe de la plus haute civilité de la plus civilisée des civilisations. J'ai reçu cette reconnaissance comme une marque d'amitié humaine. Elle venait de quelqu'un qui me ressemblait, qui était plus ce que je suis que je ne le suis moi-même, moi qui suis caché derrière la protection des mots, promeneur de banlieues à tristesse, bien nourri, et malheureux, finalement, de rater la vie excessive et grandiose pour laquelle il avait vu le jour.

Le jour de l'attente

Les augures annoncent de la pluie. Ce sera donc une journée d'attente. La journée ira doucement. L'homme est ainsi fait qu'il ne sait pas attendre vite. Il est très difficile de définir la vitesse d'une attente. C'est une vitesse très basse. J'aurais pu écrire : La journée ira lentement. Mais on n'attend pas plus lentement qu'on attend vite. C'est pourquoi il fallait écrire : La journée ira doucement. L'attente est douce, en effet. Elle va doucement. Je sais de quoi je parle. Je me suis souvent interrogé sur la vitesse de l'attente. Attend-on plus vite dans un train qui roule à cent kilomètres-heure qu'assis sur une chaise dans une cuisine intégrée ? Quand on attend la pluie, la vitesse de l'attente varie-t-elle avec la vitesse du vent qui pousse les nuages dans notre direction ? Le poids de l'attente est-il égal au carré de sa vitesse ? Peut-on encore parler d'attente lorsqu'on va à la rencontre de ce qu'on attend ? Je me suis donc posé des questions au sujet de l'attente. Je m'en pose encore.

J'attends les réponses. Comme j'attends la pluie. Doucement.

Les qualités de l'attente sont multiples. Par exemple, on n'attend pas quelqu'un qui est en retard de la même façon qu'on attend quelqu'un qui arrive à l'heure. On n'attend pas un train en remuant les mêmes pensées que lorsqu'on attend un enfant à la sortie de l'école. On ne se trouve pas dans le même état d'esprit en attendant son tour chez l'épicier qu'en attendant sa propre mort. Le mieux c'est d'attendre la pluie. Attendre la pluie ne déçoit pas. C'est une attente agréable. Douce, je l'ai dit. Une attente idéale quand on ne sait pas quoi faire de sa journée.

La condition humaine relève principalement de l'attente. L'homme attend. C'est son destin. C'est parfois son métier. C'est toujours ce qu'il fait de mieux. Il commence tôt à attendre. C'est bien, car l'adulte ne se montre à l'aise dans l'attente qu'à partir du moment où son enfance l'a préparé à attendre sans impatience.

C'est en attendant qu'on apprend à bien attendre. Une enfance et une jeunesse qui font l'économie de l'attente produiront un être que le moindre retard déstabilisera. Dans une société à dominante administrative, chacun a, par conséquent, grand intérêt à savoir attendre. Il y a un apprentissage du piétinement, du soupir, de la manière de surveiller le coin de la rue ou le coin de la fenêtre, de ne pas consulter trop souvent les aiguilles de l'horloge, de considérer avec philosophie la partie antérieure d'une file d'attente.

L'action n'est qu'une interruption momenta-
née de l'attente. Ce texte que j'écris actuelle-
ment fait se succéder des attentes plus ou moins
distendues. J'attends, puis j'écris un mot ou un
groupe de mots, j'attends de nouveau, une idée
se présente, j'attends qu'elle trouve les mots qui
la formaliseront, puis j'écris ces mots qui pro-
duisent une vague tension avant de laisser le
champ libre à une attente nouvelle. Je ne veux
pas affirmer trop péremptoirement qu'écrire et
attendre procèdent des mêmes principes, mais il
me semble que l'énergie de l'écriture n'est que
le résultat d'un calcul de l'attente.

En moyenne, on agit peu et on attend beaucoup. Le monde s'est vraiment construit en
attendant. On peut même affirmer que Dieu,
qui existe de toute éternité, a attendu longtemps
avant de créer le ciel, la terre et le reste. Qu'est-
ce que le monde comparé à l'éternité qui le précède et qui lui succédera? Une action minime.
Un atome en promenade dans le rien qu'il rend
impur. L'univers est contenu dans une attente
et il contient toutes les attentes. Ce n'est pas une
situation aussi attristante qu'on pourrait être
tenté de le croire. La vie n'a pas attendu longtemps d'être la vie, parce que avant d'être ce
qu'elle est elle n'était que du rien intégré dans
le rien. Elle n'attendra pas longtemps non plus
avant de retrouver son état de rien et sa place de
rien dans le rien absolu. En attendant, elle aura
vécu. Ce qui ne signifie rien.

Aussi loin que je remonte dans mes souvenirs,

je me revois attendre imperturbablement. Je me
suis mis très jeune à attendre. D'où une certaine
expérience en la matière. J'attendais le sein de
ma mère, puis la tétine du biberon, puis la
cuillère de bouillie, puis l'heure du repas, puis
l'heure de dormir, puis l'heure de se lever, puis
la promenade, puis le retour de mon père après
sa journée de travail. Si j'en avais la patience, je
pourrais énumérer toutes les attentes que j'ai
observées depuis le jour de ma naissance. À
noter que ma mère m'avait attendu neuf mois.
Il en est ainsi pour la plupart des gens. Aujour-
d'hui, j'attends la pluie. Qu'elle vienne ou
qu'elle ne vienne pas ne change rien au fait de
l'attendre. Elle viendra — en quoi la pluie est un
futur, ce dont il ne faut pas déduire qu'elle soit
un avenir.

Tout en attendant la pluie, j'attends toutes
sortes d'autres choses. Ce matin, j'attendais le
facteur. Il est venu. Mais j'attends principalement la phrase qui remplira le blanc derrière le
mot « blanc » que je viens d'écrire et que je répète
pour faire tenir le sens dans un semblant de
logique : « blanc ». Tous mes téléphones sont en
batterie. J'attends qu'ils sonnent. J'attends le
moment de me reboire une tasse de café. J'attends d'attendre encore.

Là, je viens de passer trois minutes avant de
trouver la suite de ce que je disais. Cette suite,
c'est ce que je viens d'écrire. Et la suite de cette
suite, c'est ce que je viens d'écrire, la suite de la
suite de la suite étant ce que j'écris maintenant,

en attendant la suite, qui ne saurait tarder, car
en écrivant «qui ne saurait tarder» j'amorce une
suite à la suite de la suite qui faisait suite à
toutes les suites précédemment mises bout à
bout pour me conduire jusqu'ici où, de nouveau, se pose le problème sans début ni fin de
la suite. On attend beaucoup de choses, mais
surtout la suite.

Venise sous un autre jour

Tempête ce matin. Les gouttières débordent. Le vent explose. Il y a de la secousse dans le ciel. Le jour prendra du retard. Trente-six mille épaisseurs de nuages s'empilent au-dessus des cafetières qui fument.

Le vent avait dû me tamponner quelque chose dans la tête. Il y a des jours où je me fêle plus que d'habitude. Je me déboîte, et les morceaux ne reprennent leur place qu'après un certain temps. Quand j'ai réalisé la situation, la honte m'est montée au front, sans abondance. Et j'ai eu envie de rire. Je me suis souvenu d'avoir écouté le Jeu des mille euros, dont je suis un fidèle. J'y avais appris que Venise a donné son nom au Venezuela. Ce détail, d'une inutilité exquise, m'avait mis de bonne humeur. La question était : «Une célèbre ville d'Europe a donné son nom à un pays d'Amérique du Sud. Laquelle?»

Il y a deux façons de chercher la réponse à ce

genre de questions. Soit on passe en revue toutes les célèbres villes européennes, jusqu'à ce que le nom de l'une d'elles se révèle comme étant à l'origine de celui d'un pays d'Amérique du Sud. Soit on énumère tous les pays d'Amérique du Sud jusqu'à ce que le nom de l'un d'eux se signale comme étant la conséquence de celui d'une ville européenne. Le temps de déterminer laquelle de ces deux méthodes pouvait être la meilleure, le métallophone avait fini d'égrener ses secondes. Les candidats séchaient. Ils ont de nouveau séché au deuxième tour. Moi aussi. C'est avec une furieuse jubilation que j'ai reçu la réponse attendue, espérée, appelée de mes vœux. Venise. Venezuela.

Tout vient de quelque part. Rien ne se fait jamais de sa propre volonté. La géographie est une immense entreprise de démarquage. Pas un lieu découvert qui ne soit aussitôt identifié à un lieu nommé de longue date. On ne trouve du nouveau, finalement, que pour se souvenir de l'ancien. Plus nous avançons, plus nous avons besoin de baliser notre route avec ce qui reste en nous des lieux d'où nous venons.

Ce que je dis là n'est peut-être pas vrai. Mais je l'éprouvais hier, dans la voiture, en allant vers Rethel, alors qu'une pluie fine suspendait le paysage agricole dans un flou empreint de mollesse, image de l'indifférence du monde qui ne nous voit pas le traverser. J'étais en joie, comme on dit. À cause de cette Venise renaissant au Venezuela ou se prolongeant en Amérique par tout un réseau humain de canaux, de réminiscences, de pensées, de nostalgies. Comment s'appelait cette région avant d'être renommée ? Un endroit sans nom est vraiment nu, vraiment désert. Difficile de l'envisager, alors. Il devait être habité. Il n'existe pas un centimètre carré de la planète qui n'ait, au cours des temps, été sinon foulé, du moins vu par l'homme, et donc nommé.

C'est d'ailleurs un art perdu aujourd'hui. On ne nomme plus grand-chose au quotidien. Des panneaux indicateurs nous signalent systématiquement l'endroit que nous piétinons, la route ou le chemin, la clairière, le plateau, la forêt, même dans les campagnes les plus reculées. Il devient difficile d'être nulle part. Et même difficile de se perdre. Sans carte et sans boussole, on n'erre jamais longtemps dans les nord ardennais, pourtant réputés confus et compacts. Au milieu de la forêt, aussi loin qu'on puisse aller, on tombe sans cesse, presque à chaque pas, sur des pancartes qui montrent la bonne direction. Pistes de randonnées ou circuits de promenades, à cheval, à vélo, à moto, bornes, frontières entre communes, baraques de chasse, relais de téléphone ou de télévision, lignes électriques, l'espace est maillé d'informations, lesquelles se superposent aux toponymies officielles. Rien n'est à nous. C'est pourquoi je me promène plutôt mains dans les poches, m'égarant comme je le peux dans des contrées assez lointaines, dont les noms ne me disent rien. Je marche presque

les yeux fermés, étant d'une nature confiante en
sa bonne étoile, m'attachant à des détails qui
se révèlent à un mètre devant mes chaussures,
dans le champ rétréci de la vision. Ce peut être
une fleur, un champignon, un caillou, la forme
étrange d'un talus, un végétal biscornu, un bloc
de lumière taillé par l'intervalle entre deux rangées d'arbres, des moustiques, de la poussière
se déplaçant en nuage dans les contre-jours du
bois. On se perd aussi clairement dans l'infime
que dans l'infini. L'immensité n'est pas la seule
réponse aux sérénités qui nous font aller. Pendant des années, j'ai observé les figures composées par les veines du marbre, dans la salle de
bains. J'y ai rêvé des romans, des voyages, des
histoires, solidement ancrés dans une durée mil-
lénaire. Ce qu'on écrit nous vient tout droit de
l'éternité, de ce qui s'est généralement passé de
nous pour exister. Les pierres, la nature, le ciel,
je ne sais quoi encore se sont faits sans notre
intervention, sans notre désir, et pas obligatoi-
rement pour nous accueillir dans cette partie de
l'univers où nous sommes si imbus de notre
importance que nous croyons pouvoir la domi-
ner.

Le jour des morts

C'est la Toussaint, la fête de tous les saints, la fête des morts exemplaires. Demain, on fêtera les morts ordinaires. Ceux qui ont bu du vin et fumé leur pipe. Qui ont trompé leur conjoint avec des femmes mariées ou des hommes du même métier. Qui ont joué aux courses. Qui ont mangé des quantités de gâteaux. Qui ont regardé des mauvais films à la télévision ou sur cassettes. Ils ont été heureux, ils ne seront jamais bienheureux. Leur vie est beaucoup plus compréhensible que celle des saints exemplaires. On les suit à la trace. Leurs gestes sont logiques et leurs réactions devant les choses de la vie n'ont rien d'étonnant. Ils ne se sont pas complu dans des jeûnes interminables. Ils n'ont pas passé plus de temps à prier qu'à travailler. Ils n'ont pas vécu dans une caverne sans chauffage central et sans eau sur évier. Même quand ils avaient du temps à perdre, ils ont refusé de regarder le spectacle du sable, sauf lorsqu'une caravane traversait le paysage, car s'il y a bien quelque chose

qui est toujours bon à voir, ce sont les cha-
meaux.

Souvent, le samedi, en soirée, ils comman-
daient une tournée de moules avec des frites
dans un établissement sans étoile, de l'autre côté
de la frontière. Le saint n'est que très rarement
friand de moules et de frites. Et s'il les aime, il
s'en prive et offre sa frustration au Dieu du ciel,
qui a créé l'univers, les moules, les frites et le
désir étrange d'être un saint. Les morts ordinaires ont vidé des litres de bière en racontant
des histoires que le mort exemplaire n'aurait pas
trouvées drôles. Le ventre plein et la bouche
pleine de chansons qui sentent le graillon, ils ont
beaucoup dansé dans des endroits où la futilité
est mise en musique par des orchestres conduits
à l'accordéon. Le mort ordinaire a toujours aimé
l'accordéon. Il l'aime même tant qu'il achète des
disques d'accordéon quand il fait ses commissions au supermarché. L'accordéon lui rappelle
des souvenirs de l'ancien temps et le Tour de
France, où il faut du souffle aussi.

Le mort ordinaire n'a pas souvent mis les
pieds dans une église, sauf en Italie, lors d'un
voyage organisé par le comité d'entreprise. Mais
il est catholique. Il n'aurait pas voulu partir sans
que le curé l'ait un peu aspergé d'eau très pure.
Il a tenu à ce qu'on érige une croix sur sa tombe.
Sans croix, un mort fait moins mort. On a l'impression qu'il n'a pas pris son affaire au sérieux.
Pour le mort occidental, la croix c'est comme la
cravate au cou du cadre commercial. Ce n'est

pas obligatoire, mais c'est recommandé et ça inspire confiance. Un mort sans croix peut être soupçonné d'avoir été communiste. C'est un credo que Dieu finit toujours par pardonner, mais qui demeure dans la mémoire des vivants comme un dysfonctionnement de l'intelligence. La postérité rechigne à fleurir la tombe des athées.

La science n'a jamais réussi à démontrer que les morts sont sensibles aux pots de chrysan-thèmes qu'on dépose sur eux. Toutefois, elle n'a pas su établir qu'ils sont indifférents à ce geste qui part d'une bonne intention. Dans le doute, on s'abstient de s'abstenir. D'autant que ce qui n'est pas forcément bon pour les morts est bon pour l'économie des vivants. Le jour de la Tous-saint, les fleuristes ne se cachent pas de gagner leur vie. S'il ne tenait qu'à eux il y aurait deux ou trois fois plus de morts. Ils aimeraient que le gouvernement invente une deuxième fête des morts, sur le modèle du Printemps des poètes ou de la Fête de la musique.

Au lieu de cela, l'État a favorisé l'adaptation française de Halloween, une réjouissance à base d'horreurs et de répugnances qui plaît beaucoup aux enfants et qui sert les intérêts des grandes surfaces et des marchands de mauvaises farces. L'Église n'apprécie pas ce déferlement orange et noir. Elle proteste. Hier, elle a organisé une manifestation qui a réuni sur le boulevard une demi-douzaine de jeunes gens aux allures de séminaristes. Monseigneur, qui sait se créer des

occasions de paraître à la télévision, a fomenté
de belles interrogations sur l'avenir d'une jeunesse élevée dans le culte des morts-vivants et
de la soupe à la citrouille. Sa paroisse réagit en
organisant un concert gratuit sur le parvis de
l'église. De la guitare sacrée et du maracas litur-
gique. De leur côté, et en accord avec le Saint-
Siège, les pâtissiers chrétiens ont mis au point
un *gâteau spécial fête officielle des morts*. Il est
rond, comme une hostie au beurre. C'est tout
ce qu'on peut en dire pour l'instant.

Ici, dans mon quartier, les fenêtres sont déco-
rées avec des squelettes achetés à Mutant et des
guirlandes d'Intermarché. Les rues charrient
des groupes d'enfants qui mendient de porte à
porte. Ils sont magnifiques. Mieux encore qu'au
cinéma. J'ai aperçu une jolie petite sorcière
blonde à qui le noir allait très bien. Elle a sonné
à ma porte. Elle n'a pas été la seule. Mais je me
souviens d'elle parce qu'elle était la première et
que, ayant oublié qu'on célébrait Halloween, je
lui ai ouvert la porte en croyant que le facteur
m'apportait un colis trop volumineux pour être
déposé dans l'espace réduit de la boîte aux
lettres. Plus tard, pour la troisième fois de la
journée, mon vieux voisin a tiré aussi la son-
nette. Sans doute qu'il avait envie de vider un
troisième verre de goutte en ma compagnie, en
me rediffusant ses histoires de guerre. J'ai fait
la sourde oreille. Le choix n'a pas été trop dou-
loureux. Les sourds ont des bonheurs.

Au même moment, la radio annonçait que les

entreprises de pompes funèbres poussent un funèbre cri d'alarme. Les Français meurent de moins en moins. Les progrès de la médecine et de l'hygiène font des ravages sur le chemin du cimetière. Les vieux ne sont plus aussi pressés qu'autrefois de passer de vie à trépas. Ils préfèrent jouer aux cartes ou aux dominos. Ils s'accrochent au tapis à coups de médicaments, de thérapie, de gymnastique. À vrai dire, ces efforts et ces dépenses ne changeront rien à l'issue de la partie. On n'a jamais fait des champions avec des combats perdus d'avance.

En attendant, le manque à gagner est important pour les croque-morts. Les compagnies sont inquiètes. Elles courent elles-mêmes le risque de disparaître. La Générale des os a un pied dans la tombe. Le marbre ne trouve plus à se placer et retourne en poussière. Les graveurs de formules lapidaires craignent le chômage. Les splendeurs des funérailles s'éteignent doucement. Le métier se perd. Le chagrin des croque-morts n'est jamais aussi sincère que lorsqu'il les fait pleurer sur eux-mêmes. Ils ont malheureusement raison. En effet, si mourir est ce qui peut arriver de plus embarrassant à un individu, ne pas mourir place la société où continue à vivre cet individu dans une situation bien plus embarrassante.

Il y a un âge au-delà duquel la longévité n'est plus qu'une conduite scandaleuse. On n'aura pas tort d'y voir de l'arrogance. Le vieillard qui descend encore aux commissions à vélo consti-

tue une agression pour l'employé des pompes
funèbres. Une source de difficultés financières.
Plus le vieux dure, se dit-il en le regardant péda-
ler, plus la fin de mois est difficile. L'absence de
solidarité de ces générations qui ont fait leur
temps consterne l'observateur. Les vieux coû-
tent et ne rapportent pas. Le marché n'espère
plus que dans leur dépouille. S'ils meurent, ils
réintègrent le circuit commercial, soutiennent
l'économie, sauvent des emplois, et des profes-
sions artistiques, consomment du granit, de la
pelle et de la pioche, du vase en duralumin, des
vasques lestées, des tentures en velours noir, de
la messe d'action de grâce, du chant mortuaire,
des bougies, du repas de famille, avec galette et
brioche, et ensuite, chaque année, deux ou trois
potées de chrysanthèmes à douze boules, les
plus beaux, les meilleurs, les plus chers, de ceux
qui réaffirment que le souvenir n'a pas de prix.

Mais ils ne meurent pas. Ils se calent devant
la télévision et ne meurent pas. Ils suivent le
cours décroissant de la Bourse sans s'émouvoir.
Ils voient que le monde va mal, qu'ils contri-
bueraient à la relance et au progrès en mourant,
comme des citoyens raisonnables, tranquillement, avec la perspective, tout de même encou-
rageante, de savoir que leur cadavre sera choyé
par des professionnels attentifs au confort de
leurs clients. Ils savent qu'ils bénéficieront
d'une cérémonie onéreuse, d'une messe chan-
tée, d'une oraison sur mesure où sera dit d'eux
le plus grand bien possible, la louange étant

comprise dans le forfait. Leur mort attristerait les cœurs, c'est vrai. Mais elle réjouirait le monde du fossoyage. Il faut dire à nos vieux qu'ils doivent mourir. N'attendez pas pour vous rendre utiles une dernière fois.

À cette crise des vocations, il y a une solution, évidemment. Il suffirait que le fait de mourir avant un certain âge donne automatiquement le droit d'être décoré à titre posthume. Pas d'une médaille en chocolat. D'une vraie belle décoration, comme la Légion d'honneur ou le Mérite agricole. Le Français en rêve toute sa vie. C'est une sorte de caractéristique nationale, un signe particulier, un réflexe ethnique.

Le Français vendrait son âme pour cette distinction. Si on possédait une machine à explorer l'inconscient, on découvrirait que le désir de médaille est commun à tous les Français, sans exception. C'est un reliquat de l'école maternelle où le mérite prenait la forme de bons points dont le cumul conduisait jusqu'à la gratification d'une petite image qu'on collectionnait jusqu'à en avoir assez pour les échanger contre l'ultime récompense de la grande image, laquelle avait valeur de diplôme.

Nous sommes tous le produit de l'éducation dispensée par les autorités. Donc tous sensibles à la promesse d'une gratification notoire. La décoration systématique à titre posthume devrait permettre de redresser la situation de l'industrie funéraire. À l'approche de la date limite, les vieux se laisseraient aller au penchant naturel et ils mourraient heureux, fiers d'être français et fiers d'avoir été eux-mêmes jusqu'au bout, et plus loin encore.

Ainsi, les cimetières seraient-ils remplis de gens honorables et reconnus comme tels. La plus modeste sépulture deviendrait un petit panthéon. Le pays aurait de grands morts, à défaut d'avoir eu de grands hommes.

Les outils et les jours

Hier, sur le plateau, il se vendait aux paysans des horreurs douloureuses, des chinoiseries directement importées de Saint-Cloud, des objets d'artisanat africain qui n'avaient jamais vu un Noir authentiquement noir, des armoires ardennaises d'une ancienneté décrétée pour l'occasion, et toutes sortes de vieux outils, parfois magnifiques, mais à des tarifs qui n'augurent pas d'un retour rapide aux joies de la tâche manuelle. D'ailleurs, on ne les acquiert pas pour travailler, mais pour les accrocher aux murs de la salle à manger, entre la tête de berger allemand peinte sur velours et le violon adorné d'un nœud papillon.

Cette brocante attire une foule qui ne se gêne pas pour être considérable. On voyageait comme des sardines en boîte. La musique d'accompagnement déroulait d'anciens succès. Il y avait des airs que je n'avais plus entendus depuis ma tendre enfance. Dans une ambiance aussi désuète, et même anormalement vieillotte, disons-le, il ne se passe rien. Le public est mort debout. La speakerine procédait à des annonces, d'une voix si pâteuse, si lente, si dénuée de vitalité, qu'on aurait pu croire qu'elle prononçait à chaque fois ses ultimes paroles. Toutes les heures, elle donnait le nom d'un gagnant tiré au sort dans une urne où les gens glissaient leur billet d'entrée après y avoir inscrit leurs nom, prénom et adresse. Le lot? Un billet d'entrée gratuit. Pas le remboursement de son entrée. Non : un billet d'entrée. Il y avait de quoi se taper la tête contre le bord à vif du chapeau.

«Vous pourrez en faire profiter quelqu'un de votre famille ou des amis.»

Pour jouir de ce lot formidable, il fallait donc retourner chez soi, débaucher un cousin qui avait choisi de s'abîmer devant la télévision, le convaincre que les vieilleries et la bousculade le guériraient mieux de sa mélancolie biéreuse que les séries américaines et le ramener jusqu'à la halle, sans cesser de lui parler, comme on fait pour empêcher les malades de sombrer dans le coma. Franchement, je n'ai jamais vu une loterie où on gagnait moins.

Un type vendait des objets chirurgicaux. Des pinces, des scalpels, des trépans, des lames à formes tourmentées, des ciseaux tordus, des seringues à ponction, tout un arsenal qui faisait mal à regarder. Brandissant un engin, il expliquait à quel point celui-ci pouvait se révéler utile dans les travaux domestiques :

«Si vous voulez atteindre quelque chose qui serait difficile d'accès...»

Mais les clients ne se bousculaient pas. Ils se disaient peut-être qu'on leur présentait là des ustensiles de réforme. Ce métal avait peut-être taillé dans des tumeurs, scié des membres pourris, ouvert des ventres ou des yeux, charcuté dans la viande pénible et bleue des accidentés de la route. Ces outils avaient connu les phases terminales, entendu les cris, les hurlements, les gémissements. Ils avaient trempé dans les sanies, dans les humeurs, dans le pus. Ils restaient imprégnés de toutes ces souffrances humaines. Rien au monde n'est plus réel que la douleur. Elle ne meurt jamais. Elle est indestructible. Il faut bien qu'elle aille quelque part. Elle se colle aux objets, imbibe les étoffes, se mêle à l'air qu'on respire. Le vent ne la disperse pas. Il la transporte d'une maison à l'autre, d'un corps à un autre corps. La prudence veut qu'on n'entre pas en contact volontairement avec ces instruments. Leur acier est plus lourd qu'un acier normal. Il pèse de tout ce qu'il a tranché d'abcès, de tuméfactions gonflées de fièvres, de sang en cours d'épaississement. Si lumineux et poli soit-il, au point qu'on s'en servirait comme d'un miroir, il ne nous renvoie que l'image de ce qui nous attend de pire. Il est poisseux. Il porte la poisse.

Les gens n'osaient pas avancer la main. Ils étaient curieux. Ils auraient aimé savoir. En même temps, ils se sentaient piégés. Comme on l'est parfois lorsqu'on a accès à un objet du culte, calice ou ciboire, par exemple, qu'on n'oserait pas saisir, parce qu'on pressent qu'il représente plus que ce qu'il montre et qu'il y aurait sinon un danger, du moins une inconvenance à le considérer comme n'importe quel autre objet. Il y a des choses avec lesquelles on n'a pas envie de jouer. Ce qui touche à la religion, à la médecine, à la mort réveille en nous des peurs imprescriptibles. Dans ce réflexe de la superstition, il y a une part de lucidité. D'instinct, nous savons que tôt ou tard nous serons confrontés à ces évidences noires. Et nous refusons sans doute d'aller à leur rencontre en les provoquant.

Cet étalage qui ressemblait tout de même beaucoup à une table d'opération ne m'a retenu que le temps de l'identifier. J'ai pratiquement pris la fuite. À certains, cela rappelait des mauvais souvenirs. À d'autres, cela dévoilait des perspectives désagréables. Personne ne stationnait longtemps devant ce stand. Les prix étaient pourtant attractifs, d'après ce qu'en disait le vendeur, un homme sans amabilité et qui donnait le sentiment d'avoir passé la nuit dans un casier de la morgue.

Le jour où je suis retourné à Reims

C'était un jour à dire oui à tout.

Pour la première fois, j'ai trouvé que Reims était une ville triste. Jusqu'alors j'avais cru que c'était seulement une ville pas trop gaie. Je n'ai pas retrouvé la foule colorée et bien habillée de la place d'Erlon et de la rue de Vesle. En quelques années, la population a beaucoup perdu de l'élégance qui a fait sa réputation. Les gens étaient vêtus comme à Paris ou comme à Limoges. Plutôt mal. Comme qui dirait : à l'éco-nomie.

Je me souvenais des Rémois d'il n'y a pas si longtemps. Ils avaient tous l'air de se rendre à un réveillon ou à une fête importante. Ils pro-menaient dans la rue leur dernière tenue vesti-mentaire, celle qu'on n'avait aucune chance de voir dans le catalogue de La Redoute ou des Trois Suisses. Ils étaient fiers et superficiels, comme savent l'être les grands peuples, comme l'étaient les princes sous l'Ancien Régime. À la terrasse des cafés décorés avec faste, ils vidaient des petites tasses à liseré doré ou des verres à décor diamant. Ils acceptaient de payer cher le privilège de s'asseoir dans des fauteuils en osier insonorisé, avec vue sur les moineaux et sur le béton sans arbres. Ils échangeaient des points de vue très autorisés sur le dernier film qu'ils avaient vu, sur la dernière boîte à la mode, sur le nouveau restaurant de la rue Jean-Jaurès. Pour un Rémois, dîner dans un établissement de la rue Jean-Jaurès était une bonne manière d'être de gauche. Mais de la gauche historique. Celle qui avait la grandeur de se laisser assassiner pour se gagner une belle place dans les livres.

Oui, je me souvenais des Rémois de cette belle époque. Ils débouchaient le champagne à la moindre occasion. À dix heures du matin, s'il le fallait. Ils le versaient dans des flûtes campées près d'une assiette de biscuits roses. Ils disaient qu'il était bon. Je n'ai jamais entendu dire autre chose à un Rémois. Car le Rémois, homme de cathédrale, était d'abord un homme de cave. Il savait prier, mais il savait surtout boire du champagne. C'est ce qui lui donnait ce teint aimable, cette patine blonde, ce fin duvet qui caractérise le bonheur véritable. Il était léger comme les bulles. Il connaissait des mots que les Ardennais les plus érudits n'avaient jamais entendus, même s'ils avaient voyagé autour du monde, sur les pétroliers, par exemple. Ces mots, je ne les connais toujours pas. Ce ne sont pas des mots qu'un Ardennais est capable de mémoriser. Il les entend. Il peut deviner ce qu'ils signifient. Mais il n'a pas les moyens de les répéter. Son larynx n'est pas adapté à la production de sons aussi civilisés.

Personne au monde n'était plus civilisé, en effet, que le Rémois. Ce dernier a inventé la choucroute au champagne, les moules frites au champagne. Et, disons-le, ce chef-d'œuvre qu'est le couscous au champagne. Cuisiné près d'une bouteille de champagne, le plus trivial carré de poisson surgelé acquérait de la noblesse. De même que les cacahuètes de l'apéritif ou les barres de céréales à enrobage chocolaté. La pizza champenoise ne manquait pas non plus d'allure. C'était une reine. Comme le kebab au champagne était un émir. Comme le cassoulet au champagne était un roi.

Partout et en toute occasion, le champagne faisait office d'eau lustrale. Il assurait en outre une longévité incomparable, quasiment dynastique, à ceux qui en buvaient, particulièrement s'ils en faisaient également commerce. La joie dominait le développement urbain. Les banlieues même s'offraient quotidiennement des concerts de flûte à bulles. Les trois-pièces kitchenette un peu excentrés n'avaient rien à envier aux châteaux du milieu. Le chauffeur de bus était aussi heureux que le président de la chambre de commerce. Dans les écoles, les enfants apprenaient par cœur la table des millésimes et les règles de l'accord de la salade avec le participe champagnisé selon qu'il était placé avant ou après le fromage.

À Reims, l'apprentissage du bonheur commençait tôt. Le petit Rémois était baptisé au champagne. Ses premières paroles de chrétien étaient :

«Encore! Encore!»

On savait alors qu'il aurait des aptitudes pour danser la valse sous les lustres de la préfecture et qu'il trouverait naturellement le chemin du théâtre certains soirs de première. La famille se cotisait pour lui acheter une chaîne en or soutenant une pierre précieuse taillée en forme de bouchon. Paré de cette amulette, il était en mesure de profiter dès son âge le plus tendre de la chance d'être né dans la région champenoise où la religion, qui fait des miracles, a réussi à vinifier même les moutons et les chiens de berger. Il était beau et intelligent. Par là même, il plaisait aux filles et aux professeurs. C'était plus que suffisant pour réussir dans la vie, entre les bonnes notes et les bons coups.

Mais il était aussi doué du sens des affaires. L'Américain, retors et matérialiste, s'estime satisfait lorsque avec un sou il en fait deux. Le Rémois, dont l'élégante désinvolture cachait des talents surhumains, multipliait son sou par cent, quand les cours de la Bourse fléchissaient, et par dix mille lorsque les courbes se relevaient. Il n'avait pas besoin de penser ou de calculer. L'art de s'enrichir était inné en lui. Toute sa vie, il se souvenait de ses premières paroles :

«Encore! Encore!»

Il était donc naturellement très riche et très

bien habillé. Ce qui ne l'empêchait pas d'aller à la messe, car il lui fallait aussi rentabiliser la cathédrale.

Aujourd'hui, d'après ce que j'en ai observé hier, le Rémois a l'air de revenir d'avoir fait ses courses à l'Intermarché. Il porte des anoraks sans panache et des cheveux gras. Ses pantalons tirebouchonnent avec un pittoresque qui n'est que le pastiche de la couleur locale. Il boit du Coca-Cola, se gave de hamburgers aux oignons, lit les journaux de petites annonces et boude les films d'Éric Rohmer.

Parfois il mendie à l'entrée des magasins et fume des cigarettes roulées entre les pouces et les index. Les gros ne boudinent plus en majesté, mais comme des camionneurs. Les grosses femmes ne sont plus peintes par Ingres, mais dessinées par Reiser ou par Willem. Les maigres des deux sexes donnent le sentiment d'être malades. L'abus de piercings semble les avoir vidés de leur sang. Ils se traînent sur les trottoirs et ne cherchent pas toujours à éviter les déjections canines qui abondent, même dans le centre-ville et les quartiers historiques. Des cannettes de bière ordinaire sont abandonnées sur les marches des églises ou jonchent l'herbe pelée autour des bancs dans les squares. L'hôtel de ville prend un aspect de casernement en temps de guerre. Dans les bars, des pianistes somnolents taquinent l'ivoire à poings fermés. Les artistes sont barbus, comme dans les pires moments des siècles passés. On pourrait les confondre avec des moniteurs de colonie de vacances. Des chefs de bureau ou des responsables de la culture contemplent les vitrines avec ce visage triste des gens qui ne peuvent rien se payer. Ils sentent le pastis ou la bière. Ils ont les ongles sales et chaussent leur calvitie de casquettes aux étoffes défraîchies. À première vue, et bien que je ne me sois pas livré à une quelconque quantification, ils sont beaucoup plus nombreux qu'autrefois. Avant ils déambulaient, aujourd'hui ils grouillent. Ils se réunissent par grappes à certaines intersections de rues et parlent du temps qu'il fait, comme de banals Ardennais. Ils ont des hochements de front et des mines éplorées, comme en ont les indigènes de la vallée de la Goutelle. Certains en sont déjà à manger des sandwiches en plein air. Avant, aucun Rémois ne se serait autorisé cette grossièreté. Ils étaient de ceux qui passaient le plus de temps à table. Les repas duraient des heures. Et des jours, quand les convives étaient en forme. La nappe et la serviette en papier étaient proscrites. Pas un gobelet en plastique n'avait jamais eu droit de cité. Le café était servi accompagné d'une authentique cuillère à café en métal, parfois poinçonnée aux armes de l'établissement. Le plus modeste caboulot mettait un point d'honneur à garnir ses tabourets avec des entraîneuses diplômées des Beaux-Arts. Elles ne se mettaient nues que si on les payait convenablement. Aujourd'hui, des créatures en bas tricotés proposent au passant des fellations à moins de quinze euros. Les jeunes filles des meilleures familles se font de l'argent de poche en exerçant des activités à la limite du lucratif et de la morale. Elles sont en cela encouragées par leurs parents. Il y en a qui deviennent même comédiennes ou poétesses, gâchant ainsi leur vie, irrémédiablement. Autrefois, elles s'amusaient en amusant des garçons qui changeaient de vêtements trois fois par jour. Elles étaient pétillantes, gracieuses et savaient secouer autour de leur beau visage des boucles de cheveux qui étaient toujours excitantes sans jamais être effrontées.

La Rémoise n'est plus ce qu'elle était. Les plus distinguées ressemblent à de vieilles professeures de français. Elles ont échangé l'autorité de la race contre celle des manuels de correction. Elles rêvaient d'être simples, elles sont devenues élémentaires. Elles se tiennent toujours droites, mais moins comme des déesses que comme des toises. Elles agrémentent chichement leur démarche avec un sac de chez Monoprix et un foulard acheté en solde chez Carrefour. Elles ont au coin de l'œil ces rides qui n'apparaissent que lorsqu'on scrute avec âpreté les lignes des relevés bancaires. Elles comptent. Elles supputent. Elles y regardent. Elles en sont à comparer les prix. Elles s'abaissent à attendre la troisième semaine des soldes. On sent qu'elles économisent pour s'offrir dix jours tous frais compris dans un club de vacances au Maroc. Elles trouvent que Venise c'est trop cher. Elles disent que les pâtes, ça fait grossir. Elles n'osent pas affirmer que les hommes les ont déçues, mais c'est ce qui s'est passé.

Parfois, le dimanche après-midi, elles fréquentent des bals à papa. L'esprit guinguette ne les indispose plus. Elles ne vont pas jusqu'à aimer l'accordéon, mais elles reconnaissent que l'accordéoniste a travaillé son doigté. Elles savent donc faire la part des choses. Ce n'était pas le cas de la Rémoise traditionnelle, femme entière, gourmande avec raffinement, raffinée avec gourmandise, sans concession dans ses idées, qu'elle avait larges, en fille des plaines et des coteaux, toujours au seuil d'en faire trop, mais le faisant avec tant de charme qu'elle donnait le sentiment de badiner avec la démesure, étoile parmi les étoiles, bulle parmi les bulles, femme de tête et de plaisir, de caprices insolubles et de raison souveraine.

Cette splendeur n'a pas survécu aux exigences de la démocratie. La ville des sacres ne jure plus que par l'égalité républicaine. L'ange sourit toujours, mais c'est parce qu'il ne sait rien faire d'autre. D'ailleurs, dans cette ville il est bien le seul à sourire. Tout le monde persévère dans le chagrin. Les employés municipaux installent les baraques du marché de Noël, et ils râlent contre cette coutume qui les oblige à remonter ce qu'ils ont démonté l'année précédente à la même époque, au même endroit. Ils brandissent la carte du syndicat et des photocopies de loi codifiant le régime des dépassements d'horaire. Ils militent pour l'augmentation des effectifs. Ils ont tout oublié de leur enfance. Ce sont des Rémois d'aujourd'hui. Ils ne connaissent plus le goût du champagne. Ils finiront par émigrer dans les Ardennes. Ils adressent des gestes obscènes aux gens qui passent. Au milieu de l'après-midi, les rues noircissent. La nuit tombe comme un sac entre les immeubles dont les fenêtres ne s'allument pas. La foule s'écoule vers la gare ou vers la rue de Vesle. Elle sort du parking souterrain. Harassée.

Vraiment, devant ce spectacle, cette année, j'ai eu la sensation d'arriver au milieu d'un enterrement ou dans un bidonville roumain. Un garçon de café d'origine ardennaise m'a confirmé cette impression.

«Reims a beaucoup changé, m'a-t-il dit. Ce n'est plus comme avant.

— Où sont les gens bien habillés? ai-je demandé.

— C'est un mystère. Il y a sans doute de plus en plus de pauvres. Les riches s'adaptent. Pour ne pas être agressés, ils s'habillent en pauvres. Je ne vois que ça.»

C'était une explication. Peut-être pas la meilleure. Mais elle avait le mérite de replacer le Rémois dans sa subtilité ancestrale. Reims serait-il devenu un immense jardin d'acclimatation à l'air du temps? On veut bien le concevoir. Mais pourquoi le Rémois continuerait-il à bien s'habiller dans l'intimité s'il se refuse le plaisir d'en faire profiter l'opinion publique?

«Je crois qu'il attend son heure», a dit le garçon dont une bête de nez arrivée à maturité s'est détachée et a roulé sur le plateau de faux marbre clair. C'est à cela que j'ai reconnu que ce n'était pas un mauvais jour : elle aurait pu tomber dans ma tasse de café.

Devant ce minuscule dégât dont la tache verte n'avait rien d'écœurant, un garçon rémois de l'ancien temps aurait brassé une quantité d'air formidable. Il aurait appelé un arpette muni d'une petite pelle en or et d'une balayette en poil d'agent de change. Il aurait fait enlever ma tasse de café. Il aurait donné l'ordre qu'on m'apporte une flûte de champagne.

« Avec les excuses et les compliments de la Maison ! »

À cette époque, les imperfections du hasard étaient le prétexte de la perfection volontaire et résolue. On ne faisait jamais moins. Alors que là, sans cesser de me parler, d'un mouvement machinal, le garçon ardennais a écrasé son pouce sur la bête de nez, comme on écrase une fourmi, puis la bête lui ayant collé à la peau, c'était le but de la manœuvre, il l'a essuyée contre la poche de sa veste, laissant supposer aux éventuels témoins de la scène qu'il allait y chercher un ouvre-bouteille ou un briquet. L'efficacité immédiate a remplacé la classe ancestrale.

La nuit fait partie du jour

La nuit tombe plus tôt. À quatre heures et demie, la grisaille noircissait déjà le bord des routes et les fossés. J'avais eu le spectacle, d'une franche brièveté, d'un triangle de soleil se plantant sur l'horizon. L'image m'a évoqué André Dhôtel. Elle était un peu altérée par le fait que je roulais derrière un camion de betteraves et que partout le macadam était rendu glissant par un mélange de boue crayeuse et de pulpe sans odeur.

On n'en a jamais fini avec les paysages. J'y trouve plus à voir que devant le meilleur des films. Parce qu'ils ne sont pas des décors, mais des personnages. Les partenaires du marcheur ou du voyageur. Ils ne s'étalent pas en pure perte devant nos yeux, assez peu ébahis lorsqu'on les ouvre sur le vide des Champagnes pouilleuses. Ils nous appellent par notre nom de rien, par le nom de notre fragilité, de notre petitesse. Les paysages sont toujours plus grands que nous. Ils nous contiennent. Et sans le savoir nous sommes heureux d'être enveloppés et comme choyés par cette immensité qui n'est pas à nous.

J'ai toujours aimé les paysages. Je ne les ai jamais choisis. Je n'ai pas de préférence dans ce domaine. Partout je suis bien et je regarde. Regardant, je me comprends dans ce que je regarde. J'y suis intégré comme un rouage dans une horloge. Aussi bien dans ces Nord qui ne divulguent rien de leur situation que dans les Sud départementaux écartelés et tendus entre les quatre points cardinaux. La poésie me monte naturellement au coin de l'œil, émotion qui a des mots, à défaut, elle aussi, d'avoir un nom ou un état civil dans le dictionnaire. Ce ne sont pas des choses qui se formulent ou qui s'écrivent. On voit parce qu'on vit. Quand il n'y a rien à voir, on trouve quand même quelque chose à regarder. Même pas besoin de bien regarder. Le paysage vient plus à nous que nous n'allons à lui. Je passerais des heures, des jours à suivre le mouvement d'une ondulation qui dessine l'horizon, à compter les bosquets qui racontent les histoires locales, à identifier les clochers érigés dans la discrétion des brumes. Le moindre caillou accroche l'attention, qu'il soit sorti de terre le matin même dans ces relâchements géologiques qui libèrent le sous-sol avec lenteur ou qu'il ait été posé là par l'homme pour des raisons légitimes, comme une borne, un poteau, un morceau de mur, une gare au milieu des blés.

On ne fait que passer, bien sûr. En temps normal, l'heure du rendez-vous guide le désir qu'on aurait de s'attarder dans ce cadre aux limites fugitives et dont notre déplacement est perpétuellement le centre. Je ne suis d'ailleurs jamais effleuré par l'idée de m'arrêter. Mais le paysage, quel qu'il soit, fait affluer dans ma mémoire des centaines d'autres paysages, observés ou seulement entrevus. Ils se superposent dans mes souvenirs, se mêlent plus ou moins, selon leur nature et des affinités mystérieuses. On revisite sans cesse ce passé de mouvement qui ne veut rien, qui ne cherche rien, qui ne fait que traverser les pays en les emportant comme des empreintes d'une légèreté absolue.

Il y a en nous des épaisseurs superbement rangées de paysages. Comme des livres sur les rayons d'une bibliothèque. Hier, ces ouvrages, anciens pour la plupart, s'ouvraient dans mes souvenirs. Je voyais ces amplitudes assez dépeuplées de la Champagne et il en naissait des plaines entrevues par la vitre d'un train, des polders aplatis sous la pesanteur de l'air et des volontés agricoles, des plateaux que je connais bien et que des bordures de forêts cousent avec régularité au ciel. La Normandie, la Flandre, le Hanovre, la Vénétie, tout ce qui m'est cher vient supporter la comparaison, retrouver les mesures de l'air libre, après avoir longtemps été confiné dans des souvenirs sans importance.

Sans doute est-ce étrange de songer à Venise en abordant les terres à céréales. Mais c'est ainsi. Le paysage, ce n'est pas seulement le paysage, mais l'occasion offerte à l'homme de regarder

quelque chose où il est un commencement. Les
paysages sont plus liés les uns aux autres que
les hommes d'une même famille ne le sont
entre eux. Le paysage conduit au paysage. Nous
sommes toujours au milieu de cette géographie,
quel que soit l'angle sous lequel nous l'abor-
dons. Dans cette composition, le ciel entre pour
une grande part. Ce que nous voyons, c'est la
forme que le paysage donne au ciel. À peu de
chose près, c'est partout pareil. Il y a du ciel, il
y a nous, et le paysage déroulé autour de nous,
rayonnant, faisant se succéder de menues variations attachées à la lumière, comme une frange
à un rideau. L'essentiel ici, c'est nous. Toujours
dans la même situation, toujours au centre exact
de ce que nous voyons. Tout ce que nous avons
vu s'empile et tourne autour de ce centre unique,
à la manière des disques dans les anciens juke-
box.

Devant un paysage inédit pour nous, souvent nous manifestons qu'il nous rappelle un
paysage familier. En fait, il existe des références
intimes en matière de paysage. La plupart du
temps, nous sommes le seul point commun cré-
dible entre les fagnes et l'Irlande, entre la Champagne et la Gaume, entre certaines altitudes
des Ardennes et les hauteurs marécageuses du
Trentin ou des environs de Bergame, que sais-
je ? Partout nous essayons de nous retrouver
quelque part. Chez nous, de préférence. Il m'est
plus d'une fois arrivé de pressentir la mer avant
d'aborder le haut d'une côte dans les régions des

crêtes pré-ardennaises, de voir très nettement la Normandie dans les vergers de la Thiérache, de retrouver dans de forts ruisseaux en Italie ou en Allemagne les contours de la Vence, au bord de laquelle j'ai usé mon enfance. Il n'y a là aucun phénomène de confusion. C'est juste un système naturel de correspondances, de renvois d'un moment à l'autre, d'un pays à l'autre, comme si ce que nous voyons devait toujours être la suite logique de ce que nous avons vu.

Finalement, le paysage nous organise. Il est d'ailleurs très souvent l'œuvre des hommes. En le comprenant au jour le jour, nous pouvons certainement comprendre les hommes, c'est-à-dire nous comprendre nous-mêmes.

Jour avec valises

Rêvé de valise. Pourquoi rêve-t-on de valise alors qu'on ne voyage pas, qu'on réprouve même pour soi l'acte de se déplacer sur un trajet dont le tenant et l'aboutissant sont déterminés plus ou moins longtemps à l'avance et fixés dans des horaires et dans des kilométrages ?

À vrai dire, la valise n'est pas un instrument de voyage. Elle rend très bien sur l'étagère supérieure d'un placard. Généralement, elle contient des casseroles cabossées et des pinces à cornichons vieillissantes. Ainsi qu'un sac de supermarché roulé en boule. Elle prend agréablement la poussière. Parfois, elle sert de coffre-fort aux économies d'une vie. Il existe des valises qui cubent encore leur volume d'emprunts russes. Certaines protègent de la lumière ordinaire les ornements du sapin de Noël, boules, guirlandes, petits sujets et bougies. On en a connu qui avaient été transformées en réserve de corned-beef. On rêve rarement de celles-là. Le corned-beef s'accommode mal avec l'émerveillement.

Le phénomène n'est pas récent, d'ailleurs. Les Grecs, qui avaient des nuits prémonitoires, n'ont jamais rêvé de corned-beef. Le monde moderne ne sait pas s'il doit le regretter. Pour ma part, non.

La valise reçoit souvent le linge sale qu'on n'a pas voulu laver en famille. On ne l'ouvre qu'aux grandes occasions, quand les convives ont chaud. Le vin millésime les rancœurs avec une belle opiniâtreté. Les valises les mieux fermées à clef ne résistent pas. Elles explosent, généralement à l'instant du dessert. Combien de parts de forêt-noire ou de génoise fourrée abandonnées sur les assiettes à proverbes ? Combien de tables décimées pour un mot de travers, une allusion malhabile, une pitié malvenue ? Les fêtes de famille sont des réunions de valises. Il faut y choisir entre être heureux ensemble ou dire la vérité. Les gens intelligents évitent de faire pleurer les lampions. Le monde est déjà assez triste pour qu'on n'y ajoute pas notre propre tristesse.

Dans une valise, il y a très peu de philosophie. La philosophie est la manière qu'ont les hommes de se déhancher harmonieusement sur les trottoirs. Une valise altérerait ce mouvement noble. La religion ignore également la valise. Dieu se porte dans le cœur et non dans une valise. Même quand il va en Amérique du Sud, le pape ne s'encombre pas de valise. Par contre, la prestidigitation, avide d'accessoires, ne saurait en faire l'économie. Le tueur de cochon itinérant, lui aussi, installe une valise sur le porte-bagages de sa bicyclette. Il y range ses couteaux et tranchoirs, et le marteau qui lui sert à sonner l'animal. On y trouve aussi une moulinette à fabriquer la chair à saucisse. Et une revue pornographique pour occuper avec une certaine densité les moments consacrés à l'exonération.

Dans l'état actuel de nos connaissances, on peut affirmer que les cosmonautes n'ont pas de valise. Les chanteurs de charme devraient en posséder plusieurs, mais il est très rare qu'ils les montrent en public. Et jamais sur scène. En effet, pour séduire une salle essentiellement féminine, le chanteur de charme doit donner l'illusion de la plus amoureuse sédentarité. La femme responsable ne se laisse pas séduire par un homme qui a un train à prendre. Elle a raison. C'est pourquoi elle épouse le plus souvent un fonctionnaire de la sécurité sociale. Ou même un postier. Car la pérennité du service public rassure la femme responsable naturellement anxieuse du lendemain. Une fois garantie dans ses utilités, elle peut aller rêvasser dans une salle où un bellâtre prestancieux comme un représentant de commerce ne pousse pas la chansonnette trop loin. Dans l'imaginaire de la province, les sonorités du violon s'accordent amicalement avec le bruit des fourchettes et des cuillères qu'on aligne de chaque côté de l'assiette.

À ce propos, le maroquinier des stars a mis au point une valise de luxe. Trois ans sont nécessaires à une équipe de vingt personnes pour fabriquer entièrement à la main ce produit de prestige. Quatorze corps de métier sont mis à contribution dans ce processus. On est en droit de s'étonner de l'association du mot «valise» avec le mot «luxe». Ces termes sont antinomiques. La valise n'a pas besoin de luxe. Et le luxe n'a pas besoin de valise. Ou alors il faudrait concevoir une poubelle de luxe, qui scintillerait de tous ses ors et diamants quand on la sortirait sur le trottoir inondé par l'éclairage public. Le suppositoire de luxe, en nacre et serti de pierres précieuses. Le poil de balayette en fibre optique laquée. Oui, la valise de luxe est une incongruité. D'ailleurs, elle n'équipe que les émirs poilus et les milliardaires japonaises. Au-dessus d'un certain niveau de richesse, personne ne craint plus le ridicule.

Plus honorable est la valise en carton. Si le luxe est moins une matière qu'une manière, le carton est une matière sans manière. Cette simplicité constitue un atout.

On croit banalement que la valise en carton a une origine portugaise. Il n'en est rien. Les Portugais ont toujours importé les valises en carton qui ont fait la gloire de plusieurs de leurs émigrés. En portugais, valise se prononce valiche et carton se dit cartonche. Cet accent inimitable sauf par les Lisboètes de vieille souche a pu induire les historiens en erreur quant à l'ascendance de la valise en carton.

En fait, la valise en carton est une invention typiquement française. On la doit d'ailleurs à un

Anglais installé dans le sud du département des Ardennes depuis la mise à feu de Jeanne d'Arc. Au départ, la valise en carton n'était pas en carton, mais en couenne de porc. Dans le langage local, couenne de porc se dit — l'usage hésite — karton ou kerton, et même quarton ou querton, du moins quand elle est découpée en quarts, en quatre ou en carrés réputés être composés de quatre quarts. Ce point d'histoire est trop souvent tenu pour négligeable. Cela constitue une injustice qu'il était plus que temps de réparer.

Par la suite, le carton, nommé carton parce qu'il est d'une couleur et d'une épaisseur qui rappellent la couenne de porc, a été utilisé dans la fabrication des valises dont une partie de la production était exportée au Portugal.

C'est un mystère, mais le Portugais raffole de la valise en carton. Il en reçoit une le jour de son baptême. Et encore une autre lorsqu'il réussit à l'examen du baccalauréat. Il s'en offre des quantités aux jeunes mariés. À Noël, elles débordent des chaussures, sous le sapin.

«Cha rend bien cherviche», dit la sagesse de là-bas.

De vieux Portugais exigent même d'être enterrés avec leur valise préférée. Pour demeurer portugais jusque dans la mort. Exactement comme les Français aiment être mis dans leur cercueil avec un camembert sur le ventre. Et comme les Allemands dorment leur dernier sommeil le crâne ceint d'une couronne de saucisses.

La tradition veut que la valise en carton soit un tabernacle dans lequel on trouve plusieurs morceaux de ficelle, une paire de chaussures trouées, une chemise blanche au col élimé, un slip kangourou jauni par les apnées, une montre ancienne arrêtée à l'heure où le douanier français a utilisé sa matraque, la photo d'une femme édentée qui sourit avec l'air d'attendre quelque chose de l'avenir, une autre photo représentant une maison bancale devant laquelle posent trois poules, un lapin, un chien sans race, un chat pelé et un couple d'ancêtres, lui portant moustache, elle aussi.

Il y a encore un croûton de pain, une peau de saucisson, un canif dont le manche est en bois. Également, un paquet de lettres écrites sur du mauvais papier où sont réparties des fautes d'orthographe et des larmes séchées.

Le bout du jour

Le roman est un objet à deux bouts. Il peut prendre n'importe quelle forme, être manufacturé dans n'importe quelle matière, s'alourdir d'accessoires utiles ou non, accumuler les bosses, les déformations, les creux, les trous, les torsions mais, en tout état de cause, une fois terminé, il doit se présenter comme un objet à deux bouts. C'est la difficulté.

Le romancier n'a qu'un seul bout. Et on lui demande d'engendrer des objets à deux bouts. Parce que dans l'univers tout semble pouvoir se prévaloir d'être à deux bouts. Un bout pour commencer, un bout pour finir.

Le simple fait de dire qu'on tient le bon bout d'une chose sous-entend que cette chose est équipée d'un mauvais bout.

Mettre les bouts, c'est s'en aller. Dans cette expression, le nombre de bouts n'est pas précisé. Mais il faut être sûr qu'ils sont deux. Car les bouts vont par deux, comme les chaussures, comme les pieds dans les chaussures, comme à peu près tout dans ce monde de couples et de paires.

On dit une bonne paire, jamais une mauvaise paire. Parce que dans une paire de deux, le compte est bon et qu'il est inconcevable qu'il puisse exister des paires d'une ou des paires de trois. D'ailleurs, les deux font la paire. Il y a deux bouts dans une paire.

Contrairement au romancier, le roman a deux bouts. Il faut qu'il ait deux bouts. C'est dans sa nature. Au début, ce roman redoutablement pénible à écrire n'a qu'un bout. Un seul. C'est trop peu. Il réclame son deuxième bout. Il l'aura. Je ferai tout pour cela. Quitte à lui céder mon propre bout. Un père sait se sacrifier pour ses enfants. Même s'il estime excessif le prix à payer pour un petit tas de papiers qui n'a aucune chance de lui rapporter le moindre billet de banque.

Qu'importe, il s'agit de se battre, de tenir, de mettre le bout manquant au bout du bout manqué.

Le roman supporte très bien la médiocrité, mais il ne saurait prétendre à quoi que ce soit, et surtout pas à être un roman, s'il n'est pas pourvu de ses deux bouts. Le deuxième bout possède ce pouvoir admirable de légitimer le premier bout. Sans lui, le premier bout n'est pas un bout. C'est un début de bout. Un embryon de bout. Une tentative de bout. Un bout en formation. Mais pas un bout à part entière. Pas un bout intégral. La preuve, c'est que le lecteur aime bien arriver au bout du roman qu'il lit. Il y a une impossibilité d'arriver au bout du premier bout, puisque le premier bout marque le commencement de la lecture, et qu'avant ce bout il n'y a que le bout du blanc.

À noter que le blanc possède deux bouts et qu'ils sont identiques. Ce n'est pas le cas du roman, dont les bouts, bien que solidaires, sont aussi différents l'un de l'autre que peut l'être le bout d'un chemin reliant une ville à une ville située à l'autre bout, une ville à un village, voire une ferme dans la campagne à la capitale d'un pays. Ce sont des choses qui se voient. Nous marchons d'un bout à un bout, de bout en bout. L'arc lui-même, qui fut inventé pour nommer Jeanne, est souvent arc-bouté. Ce n'est pas un hasard.

Pour conclure, il ne serait pas vain d'aborder la composition du bout. Dans le bout il n'y a que du bout. Un bout où il y aurait autre chose que du bout ne serait pas un bout véritable, un bout authentique. Ce serait, au plus, une espèce de bout, un genre de bout. À rejeter. Non, la qualité du bon bout tient dans ce qu'il est bout à cent pour cent. À la fois bout dans sa morphologie, bout dans sa chimie, bout dans sa texture, bout dans son passé, bout dans son avenir, bout dans son évolution. Il est bout beaucoup plus que l'eau ne peut être eau, que l'or ne peut être or ou que le mètre ne peut être étalon.

On croit communément que le bout de la saucisse est encore ou déjà de la saucisse. C'est une erreur. Car la saucisse, qui a deux bouts comme le roman, est composée de saucisse, et ses bouts sont des bouts en pur bout. Pas de saucisse dans les bouts de la saucisse. Certes le bout de la saucisse est en contact avec la saucisse, il ne faut pas le nier, mais il ne fait que la précéder (ou lui succéder), sans en prendre ni le goût ni l'odeur. Il ne peut en être autrement. Un bout est un bout et rien d'autre. Sans cette exigence il perdrait sa qualité de bout. Si le bout était de la saucisse, on l'appellerait saucisse. Il serait encore partie intégrante de la saucisse. Le bout est en bout, c'est connu. Il n'est donc pas en saucisse.

De même avec la peine. Voir le bout de ses peines, dit-on. J'ai vu le bout de mes peines. Quand on voit le bout de ses peines, c'est qu'on n'a plus de peine. Le bout de nos peines n'est plus de la peine, c'est du bout. Le bout de la saucisse n'est donc pas de la saucisse. Il entretient une relation avec la saucisse, comme la peine entretient une relation avec son bout, mais il faut bien comprendre que la peine et la saucisse sont, d'une certaine façon, unies par le bout, ce bout étant en bout dans les deux cas, et non en peine ou en saucisse.

Premier jour après les vacances

Un classique du retour de vacances, entendu cinquante fois depuis vingt ans. Je le reproduis ici sans en modifier un mot. Dialogue de touristes bronzés, une véritable période d'éloquence, oyez.

«Au 15 août, on a bouffé à Valréas. Mais on a bien bouffé. Incroyable, ce qu'on a bien bouffé. En entrée, j'ai pris une salade de gésiers au chèvre chaud. Y en avait comme ça! T'entends? Comme ça! Je me suis même dit qu'on n'arriverait pas au bout. Y rigolent pas là-bas, sur le plan de la bouffe! Ça faisait un repas!

— Tain...

— Après, y avait une côte de porc en sauce, avec des herbes et de la crème. Accompagnement de pommes de terre rôties. Mais à volonté. Attention : rissolées dans le beurre. Avec des croûtons à l'ail. À tomber. C'est simple : ça fondait. Tu te serais déjà cru au dessert. Y z'ont le coup là-bas. Une manière à eux. Incroyable.

— Tain...

— La salade. Le mélange de salades, hein, pas la bête laitue qui se torchonne dans la vinaigrette, non, là t'avais l'effort, l'attention, tu sentais qu'ils n'y avaient pas regardé. On a beau dire, mais faut que ça soit généreux aussi, la salade. Y avait de quoi, je te jure. On s'est même regardés tous, les uns les autres, pas habitués à des trucs pareils dans les Ardennes. On bouffe rien dans les Ardennes, comparé à là-bas, rien du tout. C'est pas trois feuilles d'endive qui peuvent te remplir, non ! Et avec la salade, y avait le fromage, de toutes sortes, mais surtout des fromages de chez eux, évidemment, mais en grande quantité, j'en pouvais plus, quand t'as bouffé comme ça t'en peux plus, t'en peux plus, j'en pouvais plus, moi j'en pouvais plus, ah, ils font fort, les vaches !

— Tain...

— Après on a eu la tarte, le café, la goutte, tout, vraiment la totale, la totale, on a repris de tout deux fois, parce qu'ils nous ont obligés et qu'on a pas su refuser, par diplomatie, quand on n'est pas chez soi, hein, mais avec ce qu'il y avait au départ, c'était assez, c'était même trop, mais qu'est-ce que tu veux, dans le Midi, pour que ça soit bien, y faut que ça soit trop, faut que ça soit trop.

— Tain...

— Et deux bouteilles de côtes-du-rhône chacun, du bon, hein. Mais si tu voulais du rosé, t'avais du rosé. Le rosé bien frais, ça descend tout seul. Si tu le bois en mangeant, t'as rien, rien du tout, même pas mal à la tête, rien, rien, rien. Moi j'ai pris le rouge, parce que sur le porc et sur le fromage, le rouge c'est tout de même plus corsé. Moi le rosé, je le vois plutôt sur les salades de riz, sur les brochettes, sur les trucs avec des olives, ah oui ! Et puis, le rouge, là, c'était du grand rouge, pas comme celui qu'on trouve par ici, du vin de pays, du vin fabriqué sur place, avec les raisins des vignes que tu voyais autour, ça avait quasiment un goût de grand cru, un régal, j'en ai jamais bu de meilleur, jamais !

— Tain...

— J'ai oublié de te dire qu'y avait eu l'apéro. Le pastis des familles, mon vieux, avec les caca-huètes et toutes les petites saloperies. Person-nellement, j'y suis retourné trois fois. Le pastis, ça se boit sans réfléchir. C'est juste un plaisir pour se donner faim. Mais ils avaient laissé la bouteille, hein. Si on avait voulu en reprendre, on était libres, y avait même pas à demander, c'est comme ça, si t'as besoin tu te sers, y véri-fient pas là-bas, t'es en confiance !

— Tain...

— Cinq heures que ça a duré. Le festin. L'ambiance et tout. Nous, on s'en fichait, c'était les femmes qui conduisaient, on s'était arrangés avant de partir, parce qu'on savait bien, quoi, tu peux pas dire que tu vas manger à Valréas et que tu vas rien boire, c'est pas vrai, ça, c'est pas vrai, tu bois toujours un peu, même raisonnable, tu bois un peu, alors tu vois bien, même si c'est pas trop, trois pastis, deux bouteilles de côtes-du-rhône, deux-trois gouttes, t'es bien, je ne dis pas, t'es bien, mais t'es pas en état de conduire, si tu te fais choper par les flics, tu y as droit. Moi j'étais bien, clair et tout, mais avec les contrôles, maintenant, tu peux plus faire ce que tu veux. Du coup, comme on conduisait pas, à la fin on s'est commandé une bouteille de châteauneuf. Les femmes, elles disaient : ouh là, ouh là, heureusement que vous conduisez pas ! Et nous, on disait : puisqu'on conduit pas, on en profite. On en a profité, je te jure. C'était bon. J'ai jamais vu ça. Jamais.

— Tain...

— Et devine combien qu'on a payé, devine, pour tout ce que je t'ai dit, y compris la bouteille de châteauneuf qu'est venue en supplément. Combien ? Dis un chiffre. Vas-y, dis un chiffre.

— À mon avis, vous en avez eu pour une bouclette...

— Dis un chiffre.

— Je sais pas. Deux-trois cents francs...

— Deux-trois cents francs, tu dis ?

— À ce prix-là, j'estime que ce ne serait pas encore très cher.

— Ben, t'iras te rhabiller avec tes deux-trois cents francs... Je vais te le dire, moi, ce qu'on a payé, je vais te le dire : cent francs !

— Cent francs ?

— Cent francs par personne ! Cent francs,

pas un centime de plus. J'ai gardé la facture.
Quand tu viendras à la maison, je te la montre-
rai. Cent francs !

— Tain !

— Je te l'avais dit, c'est incroyable. Cent
francs. Cent balles, si tu préfères. Avec cent
balles, tu fais rien par ici.

— Tain !

— Incroyable. Oui. À Valréas, on mange bien
pour pas cher, c'est ça la vérité.

— Tain...

— Remarque, faut connaître. Nous, on sort
avec les gens du pays. Y connaissent, forcément.
Et y sont connus. Parce qu'il faut pas se leurrer,
si tu connais pas, tu trouves pas. C'est des
adresses, ça. C'est en dehors des guides et tout
ça. Pas pour les touristes. D'ailleurs, y z'aiment
pas les touristes. Si t'es avec quelqu'un du pays,
y font pas la différence. Mais ne te pointe pas
là-bas en touriste, y z'aiment pas. Incroyable, je
te dis. Incroyable. J'avais jamais vu ça.

— Tain...

— Je te l'avais dit : Incroyable. J'en suis
même pas encore revenu.

— Tain...

— T'en reviens pas non plus, hein !

— Tain, non...

— Je te l'avais dit. Je te l'avais dit ou je te
l'avais pas dit ?

— Tu me l'avais dit, je reconnais.

— Tu vois, je t'ai pas menti.

— Tain... Je suis sous le choc... »

Le jour où Sedan a gagné

Samedi soir, Sedan a écrasé le Paris-Saint-Germain : 5-1. Les Parisiens massacrés, mis en miettes, rendus au chaos. Paris délabré, Paris humilié, Paris résilié. Je ne voulais pas le croire. Je me disais que j'avais trop bu et que je ne comprenais pas ce que disait la télévision. Le football ne m'intéresse que par moments, pour l'anecdote. Mais je me réjouis, quasi malgré moi, quand une petite équipe en efface une grande. C'est un plaisir trop rare pour être boudé par un démocrate épris de justice sociale et en qui l'instinct de lutte des classes n'a pas encore tout cédé.

Hier matin, il y avait donc beaucoup plus de monde à Charleville, ville aux aubes navrantes, dominicalement parlant. Les amateurs du ballon rond étaient descendus dans les bistrots pour commenter l'événement. La bière s'est mise à couler dès les matines, y compris chez les turfistes, un instant détournés de leur passion

exclusive pour le cheval. Au sortir de la messe,
les chrétiens se roulaient le cou dans des
écharpes rouge et vert, qu'ils avaient fait bénir
par le prêtre. Sur les boulevards, des bannières
aux couleurs du club épongeaient de fenêtre à
fenêtre l'humidité de l'air. Il fait doux depuis
une semaine. Un genre de printemps écossais
flotte sur le département. On a réduit le chauffage des maisons. Tant que Sedan gagne, l'em-
bellie perdure. Un sondage — qui n'a pas été fait
— aurait montré que les deux tiers des ménages
se sont réconciliés sur l'oreiller, afin de célébrer
la victoire dans des conditions idéales. Quand
les sangliers font l'amour, la terre tremble.
Dimanche matin, ils pavoisaient encore, des
cernes sous les yeux, ces yeux qui avaient vu
cinq miracles se produire sur la pelouse la plus
embourbée du championnat. Rimbaud voyait
des mosquées à la place des usines, les supporters ont vu s'ouvrir le ciel dans la nuit de samedi
à dimanche. «Le peuple ardennais», comme
l'appelle la chronique locale, s'est tout d'un
coup pris pour le peuple élu. Désormais, il
vivra dans l'éblouissement de la révélation. Et
supportera mieux les épreuves que lui envoie
le ciel : chômage, délinquance flamboyante,
drogue, alcoolisme, prévarications diverses,
injustice sociale, misère.

Il faut aimer Sedan sans restriction. Samedi,
je me trouvais parmi une attablée composée de
chauffeurs routiers à la retraite, de mécaniciens

postés, de conducteurs de tapis industriels. À un moment, dans une espèce de réaction objective, j'ai émis comme le début du commencement d'un doute sur la capacité des Sedanais de hisser leur talent jusqu'au niveau européen. J'avais formulé ma phrase avec précaution, presque sur le ton de la boutade. Un silence plombé a accueilli mes paroles. Les hommes m'ont examiné méchamment. J'ai lu le mépris dans le regard des femmes. Il n'y avait pas d'enfants, heureusement, sinon j'aurais été bombardé avec des pierres.

D'un seul coup, en moins de dix secondes et en moins de cinq mots, je me suis aliéné l'amitié et l'estime d'une quinzaine de personnes. J'avais commis le blasphème. Pour moi, la suite du repas prit des allures de purgatoire. Tout le monde essayait de me convaincre de la supériorité universelle de l'équipe de Sedan. J'avais beau m'esclaffer que j'étais d'accord, rien n'y faisait, tous voulaient me prouver à quel point j'avais eu tort, dans un instant de relâchement, de plaisanter avec l'orgueil départemental. Le football n'est pas seulement sérieux, il est sacré. En qualité de chose sacrée, il se fonde sur une foi intangible et s'exprime par un culte qui ne connaît pas la tergiversation. Pendant plus d'une heure, j'ai été soumis à une sorte de lavage de cerveau. On m'a abreuvé de chiffres, de scores, d'indices favorables, d'arguments définitifs, de raisonnements superbes. J'ai vu passer tout ce qu'un damné est voué à voir passer dans le cours de son châtiment : la hauteur des brins d'herbe, le nombre de crampons, les volumes de bière absorbés pendant les rencontres, le prix des joueurs, la couleur des cartons, les malveillances de l'arbitrage, l'héroïsme des supporters. Je me trouvais au centre d'un cercle rectangulaire, comme le sont la plupart des cercles de famille quand ils se réunissent autour d'une table, et des diables armés de fourches me tisonnaient la cervelle.

Peut-être en serait-on venus aux mains si j'avais un tant soit peu tenu à la vérité. Mais me fichant à peu près de tout, je me fiche aussi de ce que je pense. Je n'ai jamais tenu à mes opinions en matière de sport aussi bien qu'en matière de littérature. D'ailleurs, je fuis la discussion, quelle qu'elle soit. Dans ces domaines, aucune idée ne vaut la salive qu'on use pour la défendre. Je ne me suis jamais battu avec personne au sujet d'un livre ou au sujet d'un match de football. J'aime trop les livres pour en défendre un en particulier et je ne dédaigne pas assez le sport pour ne pas avoir de la considération pour tout ce qui court, saute en hauteur, en longueur, tout ce qui nage, tout ce qui s'agite sur un tapis de gymnastique ou sur un plancher. Le plus haut degré de mon respect va au coureur de marathon. Mais juste en dessous, dans mon panthéon personnel, qui est vaste, je range tous les autres sans exception et sans hiérarchie.

À la fin, samedi, comme la discussion engendrait la soif et que le vin était bon, le drame s'est dénoué dans des acclamations pro-sedanaises et une connexité de sentiments entre tous les convives. Les plus staliniens ont admis que j'avais voulu blaguer. Les autres conjecturaient que j'avais l'âge mental d'une huître impubère. On ne me donna pas l'absolution, certes, mais je sentais qu'on m'offrait le temps de faire amende honorable, de me racheter. Je me suis promis de ne pas y manquer. Ce matin, je frappe le clavier en tendant l'index et le majeur de chaque main en signe de victoire. L'exercice n'est pas aisé. Je me l'impose afin de purifier mon âme et les parties de moi-même qui ont cru malin de négliger la piété qu'elles devaient à l'esprit de Sedan.

L'homme est beau tous les jours

Confidence d'un homme d'une cinquantaine d'années, déjà vieux beau, limite bellâtre, recueillie hier en fin d'après-midi, à Charleville :
« J'ai énormément souffert d'être un séducteur. La beauté physique ne pardonne pas. Les femmes étaient comme folles quand elles me voyaient. Des fois, il me suffisait d'un regard pour qu'elles aient envie de coucher avec moi. Quand j'étais jeune, j'en ai profité. Surtout que je travaillais dans la banque. J'avais le costume, la cravate, la belle bague, toujours soigné, coiffeur toutes les semaines, manucure, podologue, piscine le vendredi soir. Le style banquier plaît aux femmes. Je faisais cossu. En plus, je suis intelligent, je sais m'adapter à toutes les situations, à toutes les classes sociales. J'ai de la culture. La culture, les femmes s'en fichent un peu, mais quand on les invite au restaurant, ça permet d'animer la conversation, de lancer des sujets intéressants, de ne pas rester à ne parler que de rien ou de ce qu'on mange. Je les ai

toutes eues. Des institutrices, aussi. Et même une prof de français. J'ai essayé tout ce que la vie m'a présenté. Mais c'est dur. C'est dur, malgré le plaisir et la satisfaction. Parce qu'on en est réduit à son physique. On n'est rien qu'un miroir à filles. J'ai souffert de ça. C'est bien d'être beau, mais on aimerait être tranquille de temps en temps, vivre comme tout le monde, ne pas toujours être obligé de se surveiller. Un homme comme moi sourit à une femme et tout de suite la femme se fait des idées, elle commence à fantasmer et on n'en sort plus avant de l'avoir fait souffrir un bon coup en la quittant pour une autre qui attend son tour. Une chaîne sans fin. Gratifiant pour l'ego. Mais le cœur, là-dedans, est-ce qu'il a sa part? À choisir, j'aurais préféré être moins séduisant et pouvoir laisser libre cours à mes sentiments. J'aurais été plus heureux. Les femmes ne comprennent pas que les hommes comme moi ont une sensibilité exacerbée. Moi, j'ai une âme d'artiste. Mon rêve c'était de devenir chanteur. M'adresser par mon art à ce que la femme a de plus humain en elle. J'ai fait la banque parce que j'habitais à Charleville et que mon père travaillait à la gare. Dans les Ardennes, la banque c'est le cursus vraiment habile. Tous les jeunes en rêvent. Une fois mon bac en poche, j'ai fait la banque en me disant que plus tard je serais chanteur. À cet âge-là, on croit qu'on a le temps. Et puis les femmes étaient toujours après moi. Je vivais dans l'illusion d'un certain vedettariat. Mais ça ne mène pas loin, vu que les femmes elles attendent toutes la même chose, il faut le dire. Elles, c'est restaurant, tendresse et partie de jambes en l'air. Toujours le même programme. J'ai passé trente ans comme ça, sans m'en rendre compte. Au fond, vous voyez, j'aurais préféré avoir votre physique. »

Confidence pour confidence, je lui ai raconté que ça n'avait pas été facile pour moi, que ma vie n'avait été qu'une succession d'échecs sentimentaux, que les voluptés m'avaient été comptées chichement, que j'étais une victime du look blaireau, et que ça continuait. Il avait l'air de me plaindre. En tout cas, il m'écoutait avec sur la figure l'expression de la plus vive compassion. Quand j'ai eu fini ma terne et morne lamentation, il a hoché la tête et il a dit :

« Vous n'avez pas le vestimentaire non plus. Les femmes sont des créatures à toilette, elles sont attirées par le costume, elles ont horreur du partenaire nippé comme l'as de pique. Elles ont plutôt envie de retrouver chez l'homme ce qu'elles voient dans les romans-photos. Les romans-photos c'est italien. L'Italien, il est toujours tiré à quatre épingles. La femme ne résiste pas à la tenue correcte. Elle a été éduquée comme ça. Il lui faut du bon goût.

— Qu'est-ce que je devrais faire ?

— Il faut s'habiller rassurant. Avoir la bagnole du nanti. Payer le restaurant en liquide, avec des pavés de cinq cents. Faut faire rêver la femme.

La femme, elle a beaucoup plus d'imagination que l'homme. Elle se figure des choses, on n'imagine pas. C'est fou. Mais tout ce que la femme imagine est à base de sécurité. La sécurité, c'est quoi? Le fric.

— Le physique compte aussi pour une grande part.

— Le physique n'est rien sans la présentation. La présentation ne remplace pas le physique, mais elle peut aider à faire passer un physique médiocre. Vous avez le physique que vous avez, ce n'est pas votre faute, mais vous êtes responsable de votre présentation. C'est vrai que les choses vont mieux quand on a les deux, le physique et la présentation. Mais à défaut de physique, quand on a déjà la présentation, on peut espérer en tirer quelque chose, surtout si on a le blé qui pousse derrière. La femme, en général, c'est un infaillible détecteur de biffetons. Je parle d'expérience. Je vais vous dire : l'homme c'est un tout. »

Ce fut le mot de la fin : l'homme c'est un tout. Belle parole. Que je médite. Car je suis un tout auquel il manque tout. Ce n'est pas rien.

Un jour, il n'y avait rien de mieux à faire

À L., sur la frontière franco-belge, mais côté belge, où j'avais hier près de cinq heures à tuer, le buffet de la gare n'a pas changé depuis les années trente. Le décor est prenant comme un film de Simenon et d'une propreté qui ne supporte pas le doute. Sur la porte de la «toilette» (au singulier), qui s'ouvre droit sur la salle où l'on dîne, se lit cet avertissement peint sur le bois :

«Toilette réservée aux consommateurs.»

En dessous, un panonceau traduit, en lettres noires et rouges sur fond blanc, le message dans une langue plus moderne :

«Les W.-C. sont réservés à ceux qui consomment.»

J'avais choisi une table près de la fenêtre pourvue d'un demi-rideau dont la grisaille n'était peut-être pas d'origine. La chaise dessinait en creux la forme des fesses et il fallait y être centré pour ne pas prendre le bourrelet de séparation dans le gras d'une fesse, ce qui demande une concentration particulière. J'ai commandé des boulettes maison, des frites et une grosse pinte de bière au tirage. Le set de table en papier portait la mention « Tout est possible » — en flamand et allemand également — et des pointillés noirs fixant l'emplacement de la fourchette et celui du couteau. L'espacement avait été évalué avec modestie, car une fois disposés à l'endroit recommandé les couverts se retrouvaient sous l'assiette. Mais tout est possible et il s'agit de se retenir d'être étonné.

À la table voisine, deux hommes petits et d'allure vague, endimanchés comme pour une foire au bétail. Le plus dégourdi était entassé dans un pull en laine bleu clair tricoté main orné d'un liseré de col marron foncé. La matière étant rare, les manches manquaient. L'autre, lunettes à verres épais, portait une veste chinée sur une chemise rouge brique. Ils venaient d'un village des environs. Le car les avait déposés devant la gare où ils devaient prendre un train pour un autre village des environs. Ils se rendaient à une fête de famille et j'ai su qu'ils n'avaient pas voyagé depuis douze ans. Ils avaient bien l'intention d'en profiter. D'abord, ils ont commandé deux verres de limonade. Puis des steaks avec des frites.

« Saignants ou à point, les steaks ? » a demandé le patron.

Comme l'homme aux grosses lunettes demeurait sans voix, le pull tricoté main lui expliqua :

« Ton steak, tu le veux cuit ou tu le veux cru ?

— Ah bé, plutôt cuit.

— À point ou bien cuit ? a demandé le patron.

— À point, c'est déjà bien cuit, a expliqué le pull.

— Et bien cuit ? s'est inquiété l'autre.

— Bien cuit, c'est cuit.

— Alors, je prends cuit. »

Quand le patron s'est éloigné, l'homme à lunettes a eu un regard vers moi. Il avait l'air embêté.

« Cuit c'est cuit, m'a-t-il dit.

— Oui, mais le steak, c'est pas comme la saucisse, a proclamé l'autre, qui était savant. La saucisse, faut que ça soit cuit.

— Ah oui, la saucisse, faut que ça soit cuit, approuvait son compagnon.

— La saucisse, tu peux pas la manger à point.

— Il faut que ça soit cuit.

— La saucisse à point, c'est pas cuit. C'est mauvais quand c'est pas cuit.

— À point, c'est cuit, non ?

— C'est cuit. Mais si c'est à point pour le steak, c'est pas cuit pour la saucisse. »

Quand les assiettes ont fumé sous leurs deux visages penchés et qu'ils ont commencé à manger, avec des lourdeurs de gestes qui me donnaient l'impression qu'ils se trouvaient sous neuroleptiques, ils ont commenté pendant un moment l'état du steak :

« Il est cuit.

— Ah, il est cuit. Il faut que ça soit cuit. »

D'un sac en plastique, le pull en laine bleue a

extrait un téléphone portable grand comme une boîte à chaussures. Il en a tiré quelques harmonies. Puis il a composé un numéro et il a avisé quelqu'un que le voyage se passait bien.

«On est en train de manger un steak. Il est cuit. On l'a pris cuit, parce que c'est très bon. Ils nous l'ont proposé à point, mais on s'est dit que cuit c'était mieux. C'est bon. Il y a de la sauce. Un genre de sauce tomate. Avec des oignons. Oui, il y a des oignons. On a encore une heure devant nous. Oui, avec une heure on a le temps. On mange tranquillement.»

Quand il en a eu fini avec sa communication, il a relevé la tête vers son compagnon :

«J'avais promis de les tenir au courant. Ça se passe bien. Je leur ai dit qu'on mangeait un steak avec une sauce tomate et des oignons.

— Le steak est cuit.

— Je leur ai dit qu'on était contents du steak. Cuit. Vraiment bien.

— Il est cuit.

— Je leur ai dit qu'on était tranquilles, qu'on a encore une heure devant nous. On peut prendre son temps.

— Tu leur as dit pour le steak à point?

— J'ai dit que c'était mieux quand c'était cuit.

— Qu'est-ce qu'ils ont dit?

— Ils sont d'accord.

— À point, c'est cuit aussi.

— À point, c'est cuit.

— Tu leur as dit?

— Oui.

— Qu'est-ce qu'ils ont dit ?

— Ils ont dit que cuit c'est cuit.

— Il est cuit. J'aime bien quand c'est cuit.

— C'est mieux. »

Ils ont repris le détail de la conversation. Toujours au sujet de la cuisson du steak. L'homme à lunettes avait le regard perdu entre l'assiette et le mur. Il mâchait avec l'air de réfléchir des pensées difficiles à saisir. Il ne comprenait pas la différence qui existait entre « à point » et « bien cuit », puisque dans l'un et l'autre cas c'était cuit. C'était un problème qu'il ne parvenait pas à formuler clairement et il répétait sans arrêt : « À point, c'est cuit aussi. » L'autre s'y perdait à son tour. Devant cette question, sa science trouvait ses limites et maintenant il se prenait à répéter :

« À point, c'est cuit aussi. »

Si loin de leur point de départ, ils ne savaient plus où ils en étaient ni par quels détours de la logique ils en étaient venus à se perdre. Ils tannaient sans cesse la même vérité, « cuit c'est cuit », et la question qui se posait désormais c'était pourquoi et comment cette évidence s'était imposée à leur esprit. Ils avaient l'intuition que peut-être un élément leur échappait, mais il leur paraissait tellement juste, tellement irréprochablement cartésien, que « cuit c'est cuit », qu'ils s'enfermaient petit à petit dans cet axiome sans surprise. Ce fut l'homme au pullover bleu qui trouva le mot de la fin, après un silence qu'il mit à profit pour laper un peu de limonade.

« Le steak c'est pas de la saucisse », dit-il d'une voix grave.

L'autre l'approuva en hochant longuement la tête.

Puis ils attaquèrent la salade. Il n'y avait rien à en dire. L'homme aux lunettes constata seulement qu'« ils avaient mis la sauce au-dessus ». Cette observation ne produisit aucun écho de la part de son ami.

Pendant ce temps, je me travaillais l'appétit aux boulettes maison. Elles étaient molles comme des chiques de bouse et contenaient moins de chair que de vieux pain trempé à l'eau. Chaque bouchée m'inspirait la même et unique pensée :

« Un pas de plus vers la mort. »

En Belgique, j'ai souvent eu l'impression de m'empoisonner, avec cette nourriture négligente et cafardeuse qui, de l'entrée au dessert, répand la même odeur de graillon. Fatigué par mon séjour à Bruxelles et à Luxembourg, j'étais néanmoins d'humeur joyeuse. Le froid tombait bleu et sans rudesse sur le parking pavé où se succédaient des autobus du même beau jaune que celui des totems au pied desquels les voyageurs en escale patientaient. On imagine mal l'ennui de ces petites villes semées au fil du plateau qui ne possèdent ni centre ni périphérie et sont composées de quartiers éloignés les uns des autres reliés par le vent de la plaine, qui est partout.

Au cours de ma promenade, j'y ai visité un cheval ardennais en bronze, pesamment cabré sur un socle de marbre gris, le gland énorme prêt à surgir d'un fourreau aux plis de peau solidifiée. Vu également un monument aux morts représentant un soldat belge et un tirailleur congolais, tous deux appuyés sur la même épée. Le soldat belge est protégé par une capote et un casque. Il regarde la ligne d'horizon. Il voit loin. Le tirailleur congolais porte une chéchia banania et une culotte bouffante assez ridicule. Son regard est tourné vers le soldat belge. Il n'a pas à voir plus loin que le soldat belge. Son horizon, c'est le soldat belge seul habilité à voir loin. Si aimer c'est regarder ensemble dans la même direction, alors ces deux-là ne s'aiment pas.

Mais cette œuvre comporte une autre singularité. Le soldat belge a les yeux finis. De vrais yeux, avec iris et pupille. Le tirailleur congolais n'a pas eu le droit au même traitement de la part de l'artiste : il n'a pas de regard. Ou plutôt, il a le regard vide des statues ou des aveugles. Ses yeux ne possèdent ni iris ni pupille. Ce sont deux globes à surface lisse et morte. Symbole peut-être qu'il n'existe, lui, que pour obéir aveuglément à celui qui sait voir, qui est né pour voir, à qui le ciel et la patrie ont confié cette responsabilité. Les hommes meurent au combat, mais ils n'occupent pas dans la mort une place égale selon qu'ils sont blancs ou noirs. L'aptitude du Congolais à mourir pour un pays qui n'est pas le sien devrait pourtant lui valoir un surcroît de gratitude de la part des Belges. C'est le contraire qui se produit. Le Congolais fut le chien du Belge, aussi bien en temps de paix qu'en temps de guerre. Et traité comme tel, dans la réalité comme dans la symbolique des monuments.

Les trains belges ne sont jamais à l'heure. Le tortillard qui nous a conduits de Bruxelles à Ottignies, où on devait nous prendre en voiture pour nous emmener à Luxembourg, était très en retard. Nous avons attendu presque une heure sur un quai de la gare centrale. Aucun passage de train ne correspondait à l'heure du panneau d'affichage. Il était 9 h 15 quand nous sommes montés dans un train que le panneau signalait comme passant à 8 h 32, alors que le programme officiel nous invitait à le prendre à 8 h 58 précises.

« Il ne va pas vite, celui-là », m'a dit un jeune travailleur qui n'allait pas très vite non plus.

Il commençait son travail à dix heures.

« Je n'y serai pas. Il est dix heures et il reste encore trois stations. »

Il allait à Louvain-la-N. Les trains ne sont jamais pressés d'arriver à Louvain-la-N.

« C'est parce qu'il s'arrête à toutes les gares. C'est ce qui le met en retard, expliquait le jeune travailleur.

— S'il s'arrêtait moins souvent, il mettrait moins longtemps, dis-je pour montrer que j'avais l'esprit de déduction et que j'étais ouvert à tous les débats.

— Quand il ne s'arrête pas, il fait tout d'un coup, continua mon compagnon de wagon. Mais comme il part plus tard, il arrive en même temps. »

Nous nous sommes quittés sur ces paroles pleines de mystères ferroviaires. Ottignies s'offrait aux regards, avec son bistrot du Coq et une désolation de chantier éventré sous le brouillard. Quelqu'un a dit que le café était imbuvable. C'était le premier paradoxe de la journée, car pour prétendre avec quelque crédit qu'un café est imbuvable, il faut l'avoir bu. Le simple fait de l'avoir bu fonde sa capacité à être bu. Et s'il est bu, il était buvable. Il n'existe, en effet, de café imbuvable que le café qu'on ne boit pas. Soit parce qu'il est inaccessible, soit parce qu'il dégage un arôme qui interdit à toute personne de s'en approcher à moins de trois mètres. La propriété d'«imbuvabilité» d'un café ou de tout autre breuvage est complexe à établir. Un café qui demeure sur le bord d'une table pendant des années et qui s'est évaporé jusqu'à la dernière goutte peut être considéré comme imbu. Mais tout imbu qu'il ait été, cela n'implique pas qu'il était imbuvable lorsqu'il se trouvait dans son état liquide. Un café qu'on a oublié de boire ne peut pas être soupçonné d'avoir été imbuvable. Par conséquent, je m'élève contre l'emploi trop fréquent de l'adjectif «imbuvable» appliqué au café d'une façon générale.

Si, par exemple, on boit la moitié de cette tasse de café et qu'il nous est impossible de boire l'autre moitié, l'honnêteté commande qu'on divise la quantité de breuvage en une moitié buvable posée sur une moitié imbuvable. Il ne serait même pas intègre d'affirmer dans ce cas que le café est à moitié buvable, car soit on boit, soit on ne boit pas, ce qui est bu est bu, on ne peut pas boire à moitié, il y a ce qu'on a bu et ce qu'on n'a pas bu, et tout ce qu'on boit de café avant de décider qu'un café est imbuvable est indéniablement buvable, puisqu'on le boit, et que si on l'a bu c'est qu'il n'était pas imbuvable. Soyons donc sérieux et cessons de parler à la légère.

Le dimanche n'est pas
un mauvais jour

Tourisme aux limites du département, dans les champs de pommes de terre du Porcien. Centaines d'hectares consacrés à la culture de l'obélix et de l'astérix, des produits patatiers conçus pour être traités par l'industrie de la frite et de la purée. Maraudé quelques échantillons d'astérix, un produit assez rond, assez rouge, assez petit, sous un ciel de première guerre mondiale, comme il y en a souvent au bord des plaines, vers l'automne.

Nous avons tourné longtemps en rond avant de découvrir le champ. De jeunes enfants auprès de qui nous nous étions renseignés nous ont lancés sur des fausses pistes : ils avaient confondu pommes de terre et betteraves. Plus tard, leurs parents, à qui ils avaient rapporté notre quête et les informations erronées qu'ils nous avaient fournies, nous attendaient sur le trottoir. Ils nous firent de grands signes.

Dans ces villages plus lointains qu'éloignés, l'irruption au milieu du dimanche de deux véhicules en route vers les champs de pommes de terre crée une animation formidable, presque une fête, l'occasion de parler à de vrais étrangers. D'habitude, qui s'intéresse à la pomme de terre ? Les voyageurs ne se déplacent que pour des attractions de première grandeur, monuments aux morts trois étoiles, château de la grande histoire, parc de loisirs, plan d'eau remarquable, brocante annuelle, voire tour Eiffel ou mont Saint-Michel. Mais jamais pour le champ de pommes de terre, si trivial, si terne, gris et plat. On nous a applaudis, pas moins, car il y avait quelque chose de fameux et d'inattendu dans notre initiative.

Nous vîmes les champs, après d'irremplaçables manœuvres d'approche, égarements vicinaux et autres aventures mal cartographiées. La route nationale fait frontière entre le département de l'Aisne et celui des Ardennes, je ne saurais dire où. Les lignes de pommes de terre rayonnent jusqu'à l'horizon. C'est magnifique et pas aussi simple qu'on serait tenté de le croire. Beaucoup plus émouvant que le champ de betteraves, dont la récolte bat son plein en ce moment.

À la différence de la pomme de terre, qui peut attendre, la betterave ne respecte pas le repos dominical. Les rotations des camions entre la campagne et les sucreries dont on aperçoit les panaches à l'horizon, du côté de la Marne, rendent les petites routes mortifères. Le dimanche, les chauffeurs de betteraves sont d'humeur massacrante. Ils songent à leurs copains qui s'échauffent à la bière dans des bistrots périphériques, en racontant des histoires très drôles ou en commentant avec la méchanceté de rigueur les décisions du gouvernement en matière de malversation et de détournement d'argent public :

« Ah, les salauds ! »

Eux, zélés travailleurs, tournent dans des paysages dépeuplés. Ils n'y croisent pas même une âme en peine. À part nous qui, tout à notre passion pour la pomme de terre, n'éprouvons, hélas, aucune curiosité pour la betterave.

Le betteravier est triste de constater que les étrangers piétinent une heure durant à travers le champ de pommes de terre et ne tournent jamais leur regard mouillé par l'émotion du côté des étendues verdoyantes de la betterave. Beau joueur, il nous salue, mais sans sourire, hissé à des hauteurs pilotantes qui nous feraient nous casser la nuque si nous devions répondre à cette politesse.

Nous sommes penchés sur les pieds de pommes de terre, dans cette terre étrange, qui mêle du sable, de la craie et un genre d'humus brun, qui sent bon. La pluie tient son rang dans ces territoires vastes comme une province. Et que bordent, au nord, les forêts du Laonnais et les promontoires espacés du Chemin des Dames.

À deux pas des champs de pommes de terre, la Caverne du Dragon, à Craonne, non loin du

vieux Craonne, village rasé par les bombes alle-
mandes et dans le petit cimetière duquel est
inhumé Yves Gibeau, est fermée aux visiteurs à
partir de 16 h 30. L'accueil s'y caractérise par
des réponses revêches à nos demandes. Dans
ces pays, comme dans les Ardennes d'ailleurs,
l'heure c'est l'heure et le règlement c'est le règlement. Impossible même d'acheter une carte pos-
tale. Le souvenir de la guerre a instillé une dose
de discipline militaire dans ces esprits déprimés
par la plaine. Nous faisons mine d'admirer
l'étendue agricole qui s'étend à nos pieds. Le
vent a le goût du lait. Il monte des arbres une
odeur de champignon en pleine déliquescence.
Le mémorial, apprend-on, est entré en fonction
il y a deux ans. Il accueille cinquante mille visiteurs par an. Une bande de vieillards débarquent
d'un véhicule immatriculé dans la Marne. Ils ont
l'air effaré des gens qui sortent de table.

« Où sont les poilus ? Où sont les poilus ? »
scandent-ils en tournant sur eux-mêmes, vieilles
femmes et vieux hommes mêlés, brillants de
boutons de manchette fantaisie, d'épingles de
cravate à leurs initiales et de broches en forme
de roses. Ils sont graves, presque inquiets :

« Où sont les poilus ? »

À quoi s'attendaient-ils, ces foudres d'excur-
sion ? Que le régiment héroïque les accueille en
fanfare sur le parking ? Qu'une gueule cassée
fasse la manche à la porte du bâtiment ? Ils sont
déçus. Déjà, parce qu'on ne les reçoit pas. Ils
n'ont qu'une minute de retard. Mais à Craonne,

on ne plaisante pas avec le temps. À 16 h 30, on baisse le rideau. Il n'y a plus rien à voir.

« Mais les visites durent jusqu'à 18 h ! proteste une armoire à glace d'un autre âge.

— On n'accepte les visiteurs que jusqu'à 16 h 30 ! répète le portier.

— Faut le marquer sur le prospectus, merde, on a fait cent cinquante kilomètres, merde, pour rien, merde... » reprend l'armoire à glace d'un autre âge.

Sur la balustrade, une araignée monstrueuse s'est immobilisée, les pattes en croix. À la tête d'un groupe de jeunes gens, un prêtre et deux femmes. L'idée traverse l'esprit de mon voisin, qui appuie son blasphème en me poussant du coude, pas trop finement, que l'une des femmes au moins doit être la maîtresse du prêtre, lequel fait évoluer son petit monde avec le projet gentiment affirmé d'obtenir un souvenir photographique de cette journée qui s'achève dans l'heureuse constatation qu'il n'a pas plu, remercions le Seigneur. Ils ne vont pas jusqu'à prier, mais on sent que le projet est dans l'air, et qu'ils s'y mettront un peu, tout à l'heure, quand ils auront rejoint l'autocar.

Mon voisin n'a pas complètement tort. Une des femmes a ce formidable regard où on ne trouve que de l'honnêteté. Je connais un peu ces saintes créatures. Mes lointaines jeunesses leur sont redevables des seules vraies allégresses identifiables ici-bas. Elles ont trop le goût du pardon pour se retenir de pécher. Entre le bien et le mal, elles construisent des voluptés qui leur font l'âme déchirée et les yeux qui chavirent d'une limpidité à l'autre. Elles sont miraculeusement bonnes, réunissant en elles une part de paradis égale à la part d'enfer qu'elles partagent avec les incroyants même.

Celle-là pose au côté du prêtre, fière larronne, droite dans sa veste pied-de-poule, la jupe discrètement moulante, le corsage clos jusqu'au bouton de col. Mais, sous cette austérité, on devine une souplesse d'attitude, quelque chose de nuageux et de chaud, qui ne se révèle que dans les absences du jour, là où il est terriblement doux de n'être qu'un corps pesant de chair, abandonné à ses tentations, à ses faiblesses et s'offrant des motifs valables de repentir, Deo gratias.

Un jour, des vaches, des hommes

Passé la journée au grand air, autour d'une table, puis dans les chemins creux au sud de Charleville, sous un soleil que les nuages et le vent ont attaqué tout au long de l'après-midi. Par prudence, je m'en suis tenu au Coca-Cola, boisson lugubre mais dont on est en droit d'attendre des lendemains qui ne déchantent pas. Coca sur la salade de riz, sur les brochettes à la sauce piquante, sur les haricots verts, sur les pommes de terre rôties, sur le fromage, sur la tarte aux pommes, sur le café. Les jours de fête, je me précautionne de plus en plus. L'effort ne me paraît pas terrible, surtout lorsque je me trouve en compagnie de gens avec lesquels je n'ai pas envie de boire. Les conversations tournaient parfois à la politique :

« Moi j'ai pas peur de le dire, j'ai voté Le Pen. »

C'est une confidence qui suffit à me rendre mal à l'aise, à me gâcher le goût de la nourriture, à me pourrir l'air que je respire. Il y a des mots qui empoisonnent les relations et qu'on ne devrait jamais prononcer en famille, par hygiène.

Les apéritifs et le vin avaient échauffé les esprits. Pendant la promenade, certains se sont disputés. On passait devant une pâture où il y avait des vaches.

Quelqu'un a dit :

« Ça, c'est des vaches ! C'est autre chose que les vaches d'Aubenton. »

À quoi, le né natif d'Aubenton, dans l'Aisne, a rétorqué :

« Les vaches d'Aubenton sont meilleures. Elles ne broutent pas la pollution de la ville. Elles sont dans la campagne. Elles ont de l'herbe propre. »

Ce fut le commencement d'une longue discussion. Les vaches d'Aubenton contre les vaches de Lafrancheville. Les vaches du département de l'Aisne contre les vaches du département des Ardennes.

« Les vaches des Ardennes, c'est du plomb sur pattes. Elles donnent plus de pyralène que de lait. Elles sont nourries aux vieilles carcasses de voitures. Toute leur vie, elles ne voient que les hangars en tôle des supermarchés.

— Les vaches de l'Aisne, elles ne sont jamais sorties de leur trou. Elles sont cons comme la lune. Elles ne connaissent que la campagne, le désert et les subventions européennes. Elles se pissent dessus. Elles sont élevées au purin et aux croquettes pour chiens. »

J'ai vu le moment où ils en viendraient aux mains. Dans nos régions, les vaches sont un sujet sensible. Chacun tient à la noblesse de son cheptel.

« Faut que tu sois bourré pour dire ça, dit l'Ardennais.

— Je suis moins bourré que toi, dit l'autre.

— Je suis pas bourré du tout, moi. Je tiens le vin. Quand je bois je reste lucide.

— T'es bourré sans t'en rendre compte. Celui qui dit qu'il est pas bourré quand il est bourré, c'est qu'il est bourré.

— Je suis jamais bourré. J'ai jamais été bourré. C'est pas maintenant que je vais commencer. Je bois ce que je veux, moi. Ça ne me fait rien. Je garde ma tête.

— Alors c'est le soleil qui t'a frappé.

— Laisse le soleil faire pousser les salades. Le soleil, il me fait rien. D'abord, y en a pas eu tellement aujourd'hui et j'ai tout le temps été à l'ombre. Alors je sais ce que je dis.

— Moi aussi je sais ce que je dis. Et ce que je dis, c'est que t'es con.

— Si tu m'insultes c'est que t'es bourré. Moi je t'insulte pas. Je t'insulte pas parce que je suis pas bourré.

— Faut que tu sois bourré pour dégueuler sur les vaches d'Aubenton.

— Je dégueule pas. Je dis seulement que les vaches d'Aubenton, elles connaissent rien.

— Tu crois que les vaches de Lafrancheville en connaissent plus ? Elles voient passer les voitures sur l'autoroute, toute la journée. C'est une vie pour des vaches, ça? Moi, je boirais pas leur lait. Il doit être plus épais que du diesel.

— C'est de la vache moderne. C'est de la vache qui a vu du pays.

— Les voitures c'est pas du pays. Les voitures, c'est n'importe quoi pour une vache. Les vaches, elles s'en foutent, des voitures.

— Ça les occupe. Elles s'emmerdent pas. Les vaches, elles aiment bien le passage. Si elles voient jamais rien, elles deviennent folles.

— Y a pas de vaches folles dans l'Aisne.

— Y a pas, parce que personne n'est jamais allé y voir de près. Elles sont élevées en cachette. Ici, tout le monde voit les vaches. Ça pousse au grand jour. On n'a rien à cacher. De toute façon, les vaches d'Aubenton c'est comme les gens d'Aubenton.

— Attention, je suis d'Aubenton.

— C'est pour ça que je dis ce que je dis.

— N'insulte pas les gens d'Aubenton.

— J'insulte pas. Je dis seulement que les vaches d'Aubenton, c'est comme les gens d'Aubenton. C'est pas une insulte.

— Ça veut dire quelque chose quand même.

— Ça veut dire ce que ça veut dire, pas plus pas moins.

— De toute façon, tu connais pas les gens d'Aubenton.

— Je connais pas les gens d'Aubenton, mais je connais les vaches d'Aubenton. Quand je vois les vaches d'Aubenton, je vois les gens d'Aubenton.

— Y a rien de mieux que les vaches d'Aubenton.

— T'es comme les gens d'Aubenton, toi. Puisque t'es d'Aubenton. Tu connais les vaches d'Aubenton, les vaches d'Aubenton te connaissent. Mais en dehors de ça, à Aubenton personne ne connaît personne.

— Et toi, à part les vaches de Lafrancheville, qu'est-ce que tu connais ?

— Les vaches de Lafrancheville en connaissent plus que les vaches d'Aubenton. Donc même si je ne connaissais que les vaches de Lafrancheville j'en connaîtrais plus que les gens d'Aubenton qui ne connaissent que les vaches d'Aubenton qui ne connaissent que les gens d'Aubenton. Il se passe jamais rien, à Aubenton. On ne sait même pas où c'est.

— C'est dans l'Aisne, tu le sais bien.

— L'Aisne, personne ne sait où c'est.

— Et ta connerie, elle est tellement connerie qu'on ne sait même pas où elle est.

— T'es vraiment bourré, y a pas de doute. Moi les mecs bourrés, j'évite de parler avec. Un mec bourré, ça n'a pas de conversation. »

Ils se sont boudés jusqu'au retour à la maison. Puis ils ont continué la journée à la bière pas chère, dans le jardin, sous le grand sapin, dans un environnement sans bovidé aucun, un vrai lieu consensuel. Ils ne se souvenaient sans doute plus qu'ils avaient été ennemis devant les pâturages lactifères.

Fautes d'un jour

L'écriture, qui est une manière de s'approcher pour regarder, et de regarder pour voir, devine sans même pouvoir s'en faire une idée toutes les complications que recèlent les choses les plus élémentaires. Un cube de bois, une bille de terre, un rayon de lumière au milieu d'une route, une fleur dans un chemin, autant de mystères. Juste devant le clavier, ce matin, sur mon bureau il y a une feuille de papier orangé, un crayon de mine, un stylo publicitaire, un feutre noir, un dos d'enveloppe avec des notes, un plan de la ville de Givet dont je ne vois qu'une partie, une autre enveloppe, vierge celle-là.

Tous ces objets ne sont pas là par hasard. Certains viennent de loin. Ils ont parcouru des centaines de kilomètres. Le stylo a peut-être été fabriqué en Chine. L'enveloppe contenait une lettre qu'on m'adressait d'Allemagne ou d'Italie. Aucun de ces objets n'est seulement un objet. Ce sont des histoires, des parcours, des inten-

tions, des volontés. Ils paraissent tellement sans
importance qu'on pourrait les jeter à la poubelle.

De fait, cela remettrait de l'ordre sur la table
et me rendrait heureux. Ils existent aussi pour
cela. Mais si je les observe bien, si j'essaie d'établir des relations entre eux, si j'imagine de
quelles manières et pour quelles raisons ils sont
venus jusqu'à moi, alors je suis obligé d'écrire
un roman. Ce roman sera d'autant plus extraordinaire que ce qui se trouve à son origine est
insignifiant à première vue. C'est que derrière
rien, il y a quelque chose. Ce quelque chose est
une histoire. Derrière cette histoire, il y a une
histoire. Ainsi de suite, sans qu'on puisse concevoir une fin à cette succession de possibilités qui
remontent le temps ou balaient l'espace.

J'ai toujours été persuadé qu'un livre repose
davantage sur une intuition que sur une
connaissance. Le langage se suffit. Il constitue
la connaissance de l'intuition et l'intuition de
la connaissance. Il s'autoproduit. Quoi qu'il
exprime, il ramène tout à lui, au langage. À
partir du moment où des mots sont propulsés
sur une feuille de papier par une intelligence et
une sensibilité humaines, ils ont un sens, une
utilité et composent une histoire, même si, dans
un certain nombre de cas, ils sont l'unique objet
de cette histoire. En l'occurrence, les fous litté-
raires, dont l'œuvre paraît insensée, fournissent
plus de prises au sens que les poètes des joutes
florales qui ressassent des paroles dont le sens
est lumineux, mais dont le propos est éculé.

À mon avis, il ne faut pas chercher à analyser ce qu'on écrit. L'écrivain ne fabrique pas un produit manufacturé, il dépose les traces de sa vie, de son temps, de ses tourments, de ses pulsions sur un support à peu près stable. Ce peut être alors vraiment n'importe quoi. Un chef-d'œuvre absolu ou une misère de plus. Un bonheur d'écriture ou un sagouinage d'encre. Aucune espèce d'importance.

Pour moi, ce qui est écrit sincèrement, avec ferveur, dans le courant même de l'énergie vitale, avec juste ce qu'il faut de raisonnement ou de sens de l'orientation pour ne pas se perdre en route, présente des aptitudes à être considéré comme une opération littéraire. Les fautes d'orthographe relèvent également de la littérature. Hier, j'en ai pêché quelques-unes dans les textes d'un atelier d'écriture. Je les copie ici pour ce qu'elles valent, sûr qu'elles valent infiniment mieux que le mal qu'on serait tenté d'en penser.

Artichot.

Avec son endicape, le cul de jatte esseille de mettre des parlmes pour savoire nager.

Cette pièce est otentique.

Commen sa va? Sa roule? Sa peu aller. Sa va coule.

Dans l'univaire, c'est d'engereux pour les dont dorgane.

Dans un petit coin douillé, nous voillont le kangourou qui sote.

Elle avait des petit cein et un gros cue.

En plaine nuit.

Équeuré.

Ideuse.

Il avait soudin l'aire eureu de mavoire consentré vère le contoire.

Il fais frois dehors.

Il fessait très chaud.

Il y a des retordatères.

Ipipipe poura!

J'ai l'abitude.

J'ai marqué un pagnier.

J'ai sa dent le sang.

Je suis un peu dézéquilibré.

Je suis un piti sein.

La laine de vert.

Le chourigien.

Le président de la républic s'appelle Chaque Chirac.

Le ventre c'est devent.

Le vin donneur.

Le volcan en héruption.

L'écureil et le phyton.

L'enquette sanonse longe.

Les arégnié tisse des toilles.

Les portes du blacar.

Ma licotine c'est le jouin et les gonzeisses.

Malle au pied quand je choute la balle.

Médecin ligiste.

Met ça en vrack, mon gard !

Midi pil.

Perdre ses illutions.

S'est très téorique.

Un orible cochemar !

Un problème judiridique.

Il n'y a pas matière à moquerie. Voilà de la haute poésie. Du langage qui ne met pas le genou à terre. Une langue puissante, délivrante. On reste sans voix devant cette capacité d'invention. On est ébloui. Pas question de faire la fine bouche. J'achète. J'achète au prix fort, même si je dois y laisser mes plumes et mes calames. Il me semble que Freud a parlé des erreurs comme étant les sources sinon de la vérité, du moins de l'explication qui permet de progresser vers la vérité. Les lapsus sont révélateurs. Je ne suis pas convaincu qu'ils expriment la culpabilité qu'on éprouve de dissimuler un jugement personnel derrière des paroles sociales, mais ils créent un déséquilibre, parfois une tension, par le simple fait qu'on n'en a pas contrôlé le jaillissement. Ils débordent de notre conscience. En quoi ils peuvent être interprétés comme des excès. Dans tous les cas, ils ajoutent quelque chose à une relation.

Les fautes des élèves sont parfois des lapsus. À cette différence qu'elles sont aussi le résultat d'une esthétique, probablement d'une rhétorique. Elles sont souvent les fruits étranges d'une décision longuement mûrie. Le professeur les classe parmi les lacunes et les ignorances. C'est son métier. Un écrivain aurait plutôt tendance à les examiner comme des œuvres d'art. Il y a un art brut de la faute d'orthographe comme il y a un art brut de la pierre et du bois. Certains, s'ils étaient conscients des trésors dont ils disposent, pourraient bâtir des mondes formidables. La faute d'orthographe n'a pas encore trouvé son facteur Cheval.

Il ne s'agit pas ici de transcription phonétique. Raymond Queneau s'y était essayé et n'avait obtenu qu'un charabia stérile, parfaitement illisible, sans saveur aucune, et guère plus expressif que des lignes de chiffres, de bâtons, de ronds ou de taches. Raymond Queneau avait l'esprit de système. Les jeunes élèves ont de l'esprit dans un système. Ils se servent du système comme d'un prolongement pour leur esprit. Ils sont dans ce qu'ils écrivent. Ils croient bien faire. Ils poussent le goût de l'ornement jusqu'à mettre le mot au même niveau que l'image. On les lit sans peine. Quand on ne les déchiffre pas, on voit ce qu'ils ont voulu écrire. Le sens en est limpide. Il dit ce qu'il veut dire. Toutefois, la faute en augmente les potentiels, crée un décalage qui dévoile ce que le sens premier cachait peut-être. Elle ouvre une fenêtre, une faille dans le paysage clos de la norme. C'est la définition de la poésie. Par définition, cela se hisse donc au-dessus de toute critique.

Composition Bussière.
Impression Novoprint
à Barcelone, le 16 mai 2010
Dépôt légal : mai 2010
1ᵉʳ dépôt légal dans le collection: août 2009

ISBN 978-2-07-39603-0./Imprimé en Espagne.